Scherr, Johar

Das Trauerspiel in Mexiko

Scherr, Johannes

Das Trauerspiel in Mexiko

Inktank publishing, 2018

www.inktank-publishing.com

ISBN/EAN: 9783747784983

Das

Trauerspiel in Mexiko.

Von

Johannes Scherr.

ἀντὶ δὲ πληγῆς φονίας φονίαν
πληγὴν τινέτω. δράσαντι παθεῖν,
τριγέρων μῦθος τάδε φονεῖ.
Aeschylos, Choeph. 310.

Leipzig
Verlag von Otto Wigand.
1868.

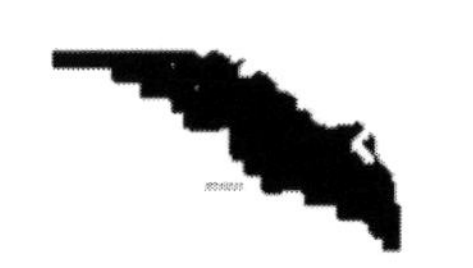

Vorbemerkungen.

Die nachstehende Studie ist die erweiternde Ausarbeitung eines Vortrags, welchen ich im Laufe dieses Winters im Großrathsale hiesiger Stadt gehalten habe.

Bei dieser Gelegenheit wurde ich des Irrthums bezichtigt, den Herrn Jecker, über welchen der Leser in dem Abschnitte „Jecker und Kompagnie" Näheres erfährt, als einen Schweizer bezeichnet zu haben. „Jecker — so ward ich belehrt — wurde zwar in Pruntrut geboren, aber zu einer Zeit, wo dasselbe zu Frankreich gehörte" — (folglich wären auch alle Genfer u. s. w., welche zu jener Zeit geboren sind, keine Schweizer?) — und „Jecker gerirte sich in Mexiko nicht als Schweizer, sondern als Franzose“. Zum Unglück für meinen Belehrer hatte ich, während ich den gerügten „Irrthum“ beging, unwidersprechliche Beweise in den Händen, daß Herr Jecker in Mexiko keineswegs als Franzose, sondern allerdings als Schweizer „sich gerirte“. Diese Beweise sind mir von einem der schweizerischen Konsuln in Mexiko geliefert worden, welcher mir schrieb, daß er und sein Amtsnachfolger dem Herrn Jecker alljährlich seine Eigenschaft als „Ciudadano Suizo“ bescheinigen mußten, damit Herr Jecker daraufhin eine Aufenthaltsbewilligung („Carta de Seguridad“) erhielte. Ist das klar? Erst am 26. März von 1862 wurde Herr Jecker als Franzose naturalisirt, d. h. also erst dann, als das Interesse seiner noblen Kompagnons in Paris die Französirung erheischte.

Das Material, worauf meine Arbeit beruht, ist neuerdings sehr gemehrt und bereichert worden. Zu den bezüglichen Dokumenten in den nordamerikanischen „Kongreßakten“, in den englischen „Blaubüchern“, im französischen „Moniteur“, zu den massenhaften Erörterungen in der gesammten europäischen Presse sind die höchst schätzbaren Mittheilungen des Grafen Emil Keratry gekommen, worauf ich vielfach mich gestützt und bezogen habe. Keratry's Buch „L'empereur Maximilien“ (1867), welches die erste Serie seiner in der Revue contemporaine gemachten Enthüllungen zusammenfaßte und vervollständigte, hat allerdings die starkvortretende Nebenabsicht, den Marschall Bazaine zu rechtfertigen, d. h. das Verhalten desselben als völlig „korrekt“, weil konform mit seinen Instruktionen, darzustellen. Allein da diese Nebenabsicht durchweg auf wohlbeglaubigte Aktenstücke sich stützt, so wird dadurch der historische Werth des Buches nicht beeinträchtigt.

Herrn Wilhelms von Montlong „Authentische Enthüllungen über die letzten Ereignisse in Mexiko“ (1868) sind mir zwar noch feucht aus der Presse zugekommen, aber leider doch zu spät, als daß ich sie für meinen Essay noch ausgiebig hätte benützen können. Der Letztere war nämlich nahezu schon fertiggedruckt. Hr. v. Montlong, gewesener Kabinettsoffizier des Erzherzogs Maximilian, ist augenscheinlich kein Historiker, wohl aber ein Mann von Ehre und Wahrheitsliebe. Aus letzterem Umstand erklärt es sich, daß sein Buch, welches eine Apologie des unglücklichen östreichischen Prinzen hätte werden sollen, zu einer schweren, zu einer allerschwersten Anklage des mexikanischen Kaiserschwindels geworden ist.

Kann z. B. die infame Lüge einer angeblichen Volksabstimmung in Mexiko zu Gunsten des Kaiserthums und Maximilians drastischer gekennzeichnet werden, als Hr. v. Montlong S. 8. es gethan hat? „Der französische General Jeanningros ließ die Angesehensten von Monterey zu sich rufen und redete sie folgendermaßen an: „„Der Kaiser der Franzosen, stets um die Wohlfahrt aller unglücklichen Völker besorgt, hat im Interesse eures Glückes beschlossen, die mexikanische Republik in ein reiches und blühendes Kaiserreich umzugestalten, und hat euch den liberalsten und aufgeklärtesten Fürsten Europa's, Erzherzog Maximilian von Oestreich, zum Kaiser bestimmt. Napoleon aber will, daß Maximilian durch allgemeine Abstimmung der Nation erwählt werde. Ich habe euch somit hierher berufen, um eure Abstimmung zu empfangen."" Als General Jeanningros diese Rede, welche in allen Städten dieselbe war, beendigt hatte, schritt er mit drohender Miene auf die Anwesenden zu und fragte: „„Nicht wahr, meine Herren, ihr nehmt den Fürsten an, welchen euch Kaiser Napoleon sendet?"" Die Befragten, eingeschüchtert durch die hinter dem General postirten Soldaten, stimmten mit Ja, worauf Jeanningros an den Generalstabsoffizier, der die Abstimmungsprotokolle sammelte, die Worte richtete: „„Schreiben Sie, mein Herr, daß diese Stadt einstimmig für das Kaiserreich votirte, und lassen Sie sodann diese Herren unterzeichnen."" Als aber in San Luis Potosi die ersten Bürger eine derartige Abstimmung verweigerten, ließ besagter General sie unverzüglich ins Gefängniß werfen und behielt sie daselbst durch 36 Stunden ohne jegliche Nahrung, bis die Widerspenstigen, durch Hunger mürbe gemacht, nach Befehl votirten."

Die Art und Weise, wie französische Offiziere in Mexiko „an der Spitze der Civilisation marschirten", illustrirt Hr. v. Montlong überhaupt sehr deutlich. Zum Beispiel (S. 16): — „Kapitän Charrier befahl als Kommandant zu San Luis de la Paz dem politischen Präfekten einer kleinen Stadt, das Todesurtheil seines Bruders, dessen ganzes Verbrechen in liberaler Gesinnung bestand, zu unterzeichnen. Als der Präfekt sich weigerte, drohte Charrier auch ihm mit dem Tode des Erschießens, bis jener endlich doch unterschrieb." Oder: — „Als General Mangin das liberal gesinnte Dorf Montealto besetzt hatte und sah, daß die Einwohner bösen Willen gegen die französischen Behörden zu erkennen gaben, ließ er in einer Nacht 46 Mexikaner, die ihm als sehr liberal geschildert waren, einfangen und ohne Verhör und Urtheil erschießen."

In Betreff der Charakteristik des mexikanischen Klerus stimmt Hr. v. Montlong aus eigener Anschauung mit den Angaben meiner übrigen Quellen überein. Er weiß den hochwürdigen Herren keine anderen Eigenschaften nachzurühmen als „Ignoranz und Frivolität" (S. 11).

Von den eingeborenen „Hauptstützen" des Kaiserschwindels, von den maximilianischen Generalen und Ministern spricht Hr. v. Montlong, nur wenige ausgenommen, mit äußerster Verachtung als von einer Bande von Dieben und Mördern. Zur Kennzeichnung, d. h. Brandmarkung von Miramon und Marquez im Besonderen wird (S. 41) die gräuliche „Henkerscene in Takubaya" erzählt. „Im Jahre 1859, als Miramon Präsident — (d. h. Afterpräsident) — war, begab er sich nach der Einnahme von Takubaya (durch die Klerikalen) mit General Marquez in's dortige Spital, wo alle Tags zuvor Verwundete, ohne Unterschied, ob Freund oder Feind, gepflegt wurden. Hier trafen sie sieben Aerzte, Männer von Herz und Talent, welche durch ihre Pflichten an die Betten der Verwundeten und Sterbenden gefesselt waren. Noch denselben Abend ließ Marquez diese Aerzte und alle verwundeten feindlichen Offiziere erschießen." Folgt dann die Ordre Miramons, kraft welcher Marquez handelte und welche — die Miramon, Marquez und Mitschurken waren ja alle sehr „fromm" — mit der Devise der Klerikalen schloß: „Dios y orden!"

Was Hr. v. Montlong zur größeren Beschwerung mit intensiverer Beschwärzung Bazaine's vorbringt, kann ich gegenüber den von Keratry beigebrachten Dokumenten für stand- und stichhaltig nicht anerkennen. Dagegen geb' ich zu, daß die mir bislang noch zweifelhaft gewesene Verrätherei des Oberst Lopez in Queretaro jetzt allerdings erwiesen scheint und zwar durch das von Montlong S. 114—118 mitgetheilte Schreiben des Prinzen Felix zu Salm-Salm, welcher mit Maximilian zugleich gefangen wurde, aus seinem Gefängniß im Kloster de las Capuchinas zu Queretaro vom 4. Oktober 1867.

Die „Denkschrift über den Prozeß des Erzherzogs Ferdinand Maximilian von Oestreich" von Mariano Riva Palacio und Rafael Martinez de la Torre, aus dem Spanischen übersetzt von Konrad Paschen, mecklenb. Konsul in Mexiko, (Hamburg 1868) — kam mir erst zur Hand, als ich die Korrektur des letzten Bogens besorgte. Ich konnte daher daraus nur noch die Worte entnehmen — sicherlich die echten — welche Maximilian auf dem Richtplatze zu Queretaro gesprochen hat.

Ich unterlasse nicht, auch der Gräfin Paula Kollonitz meinen Dank zu sagen. Diese Dame hat durch ihr Buch „Eine Reise nach Mexiko i. J. 1864", welchem ich manchen individualisirenden Zug schulde, bewiesen, daß sie gesunde Augen, einen gesunden Verstand und eine gesunde (d. h. wahrhaftige) Zunge besitze.

Warum ich diese Studie drucken ließ, da doch die einschlägige Literatur schon hinlänglich voluminös ist? Je nun, die Wahrheit zu sagen, ich ließ sie drucken, weil sie schon in ihrer embryonischen Form als Vortrag den Fartcatchers des Cäsarismus wind- und wehgemacht hat, wie ich zu meiner großen Befriedigung erfuhr. Wenn, wie ich hoffe, das Büchlein in dieser Richtung weiterwirkt, so ist es nicht vergeblich geschrieben und gedruckt.

Zürich, 10. Februar 1868.

J. S.

Das

Trauerspiel in Mexiko.

Das

Trauerspiel in Mexiko.

1.

Von Miramare bis Veracruz.

Am 14. April von 1864 waren vom Frühmorgen an der Landweg und der Seeweg, welche von Triest nach dem Felsenschloß Miramare führen, durch Wagen und Boote ganz ungewöhnlich belebt. Es galt ein Lebewohl zu sagen und zu empfangen. Der Erzherzog Maximilian von Oestreich, welcher jetzt Kaiser von Mexiko hieß, wollte heute mit seiner Frau Charlotte auf der östreichischen Fregatte Novara nach Amerika sich einschiffen, nachdem er fünf Tage zuvor in Gegenwart seines Bruders, des Kaisers Franz Joseph, seinen agnatischen Rechten auf den Thron von Oestreich feierlich entsagt hatte, — sehr ungern freilich und nach mancherlei Verzögerung.

1*

Die Morgensonne lag golden und warm auf dem Blau der Adria, die Gestade standen in Blüthenpracht. Ein Reisetag voll glücklicher Vorbedeutungen also. Wie trügerisch sie waren, hat wohl keiner der Herren und keine der Damen geahnt, welche in den Sälen von Miramare der Abschiedsgala anwohnten, und wohl auch niemand unter der wimmelnden Menge, welche neugierig die Zugänge des Schlosses umdrängte.

An der Spitze einer gemeinderäthlichen Abordnung erschien der Bürgermeister von Triest und übergab eine mit 10,000 Unterschriften versehene Abschiedsadresse. Adressenhumbug gehört nun einmal in der 2. Hälfte des 19. Jahrhunderts zu jeder kleinen oder großen Haupt- und Staatsaktion. Möglich jedoch immerhin, wahrscheinlich sogar, daß diese triester Adresse aufrichtiger und ernster gemeint war als die, welche am 10. April eine mexikanische Abordnung, deren Sprecher Señor Gutierrez d'Estrada gewesen, dem Erzherzog überbracht hatte, zum Beweise, daß selbst der kolossalste Schwindel in der Brusttasche eines schwarzen Frackes bequem Platz habe. Denn diese Adresse enthielt ja nichts Kleineres als die angebliche, noch dazu „begeisterte“ Volksabstimmung, kraft deren Maximilian zum Kaiser von Mexiko berufen wurde.

Der Erzherzog brach in Thränen aus über die Ansprache, womit der Bürgermeister die Uebergabe der Abschiedsadresse begleitete, und der ganze Auftritt war ein so rührender, daß, wie eine mitdabeigewesene Dame, die Gräfin Paula Kollonitz, uns versichert, „beinahe kein Auge trocken blieb“. Das einzige nichttrügerische Omen dieses Apriltags.

Nur mit Mühe konnte sodann das erzherzogliche Paar durch den menschenwimmelnden Hof und die Treppe zum Landungsplatze hinabgelangen. Es wurde auf diesem Gange mit Segensworten, mit Glückwünschen und mit einem Blumenregen förmlich überschüttet. Endlich gelang es, das von einem rothen Sammetbaldachin überspannte Boot zu besteigen, welches den Erzherzog und seine Gemahlin an Bord der Novara brachte, die mit anderen Kriegsschiffen, worunter die französische Fregatte Themis, in großem Flaggenschmuck draußen lag. Die Einschiffung ging vor sich, die Musikbanden der Schiffe spielten, ihre Breitseiten donnerten, vom Ufer her scholl langnachhallender Evvivaruf. Die vorhin genannte Dame aber will in dem Augenblick, als Maximilians Fuß „die alte liebgewohnte heimatliche Erde"* verließ, in innerster Seele empfunden haben: „Wer weiß, ob er sie jemals wieder betreten wird?"

Die Novara setzte sich in Gang, gefolgt von der Themis, welche den Schattenkaiser von Napoleons des Dritten Gnaden eskortiren sollte, — ach, ja wohl „eskortiren!" Sie gab ja dem Werkzeug und Opfer napoleonischer Politik die Eskorte zu einem blutigen Grab.

Bei klarem Wetter und gutem Winde wurde das adriatische Meer durchschifft und die Südspitze Italiens umfahren. Am 18. April liefen die beiden Fregatten Civita Vecchia an. Das erzherzogliche Paar ging mit seinem Reisegefolge an's Land, um einen Abstecher nach Rom zu machen. Aus persönlichen und politischen Gründen. Angeborene und anerzogene Devotion ließen den Erzherzog den

Segen des Papstes zu seinem Unternehmen begehren und dann gab er sich auch der Täuschung hin, dieser Segen würde seiner Goldschaumkrone in den Augen der Mexikaner einen ganz besonderen Nimbus verleihen.

Wir wissen nicht, ob sich dem Schattenkaiser die Wucht, womit die französische Oberherrlichkeit vom Anfang bis zum Ende auf dem von ihm unternommenen Abenteuer lastete, etwa schon bei der Landung in Civita Vecchia fühlbar gemacht habe. Wohl aber wissen wir, daß Menschen mit sehenden Augen und hörenden Ohren im Reisegefolge den widerwärtigen Druck dieser Wucht schon bei dieser Gelegenheit sehr verspürten. So die Gräfin Kollonitz, welche von der Landungscene sagt: „Von den Schiffen und Forts donnerten die Geschütze auf sinnverwirrende Art, und als wir das Land erreichten, bliesen und trommelten die Päpstlichen und die Franzosen um die Wette. Letztere proklamirten das „Par la grâce de l'empereur des Français“ auf alle mögliche lärmende und auffallende Weise; ihre Truppen bildeten Spaliere,

ihre Säbel und Bajonnette grüßten uns, ihre Wagen nahmen uns auf, ihre Arme geleiteten uns; es war ein Lärmen und Drängen, ein Schießen und Schreien, ein Klirren und Stampfen, ein Blinken und Winken, um den Verstand zu verlieren." Gut wenigstens, daß die arme Dame die grotesk-unflätigen Witze nicht hörte oder nicht verstand, welche der rothhosige Wachtstubenesprit bei dieser Gelegenheit über die neuen Argonauten vom Ersten bis zum Letzten losließ.

In Rom hatten der Erzherzog und seine Frau während eines zweitägigen Aufenthalts allerhand kirchliche und weltliche Ceremonien durchzumachen. Pius der Neunte arbeitete damals mit seinen Vertrauten an jenem Wunderwerk von „Encyklika", welche, neun Monate später proklamirt, im civilisirten Europa kein geringeres Aufsehen und Erstaunen erregte, als wie wenn ein Hunderttausend Don Quijotes in voller Mittelaltergala und mit Mambrinushelmen auf den Narrenschädeln plötzlich in unsern Erdtheil eingeritten wären. Von dieser sinnreichen Arbeit müssigte sich der Pontifex Maximus so viele Zeit ab, um dem erzherzoglichen Paare allerhöchsteigenhändig die Abendmahlshostie und dem Gefolge seinen Fuß zum Kusse zu reichen. Er that sogar noch mehr, nämlich eine Ansprache an den „par la grâce de l'empereur des Français" gekaiserten Prinzen und dessen Gemahlin, worin er Beiden „im Namen des Herrn das Glück der ihnen anvertrauten katholischen Völker" empfahl, beifügend: „Die Rechte derselben sind groß und man muß ihnen genügen; aber größer und heiliger noch sind die Rechte der Kirche". Das wollte sagen: Vergeßt nicht, dem mexikanischen Klerus die Güter und Reichthümer zurückzuerstatten, welche die dreimal vermaledeiten Liberalen demselben genommen haben; das ist die Hauptsache! Freilich, dies hieß geradezu Unmögliches fordern; allein der Statthalter Gottes auf Erden hat doch wohl das Privilegium, Unmögliches (unbefleckte Empfängnisse u. dgl. m.) für möglich und umgekehrt Mögliches (z. B. eine etwas weniger bestialische Regierung des Kirchenstaats) für unmöglich zu erklären. Handelt es sich darum, der Wahrheit, Gerechtigkeit

und Menschlichkeit mit stupider Encyklika-Faust ins Gesicht zu schlagen, oh, da ist die Kurie sofort mit einem „Volumus“, handelt es sich aber darum, der Unvernunft und Barbarei auch nur den kleinsten Abbruch zu thun, da ist sie eben so schnell mit ihrem „Non possumus“ bei der Hand. Sie muß so reden und thun, sie kann gar nicht anders. Das Papstthum, eine Schöpfung einer finstern und ruchlosen Zeit, ist gegenüber der Vernunft, der Wissenschaft und Humanität ein versteinertes Non possumus. Nur ein so gedankenloser Phantast, wie Pius der Neunte beim Beginne seines Pontifikats einer gewesen ist, mochte sich eine Weile der Täuschung hingeben, aus diesem Petrefakt einen die Bedürfnisse der Gegenwart stillenden Quell herausschlagen zu können.

Ob Maximilian dem Papst irgendeine auf Zurückerstattung der säkularisirten geistlichen Güter in Mexiko abzielende Zusage gemacht habe oder nicht, ist streitig. Die Frage dürfte jedoch im verneinenden Sinne zu beantworten sein, wenn man erwägt, daß der Prinz zu jener Zeit eine Politik sich vorgesetzt hatte, welche geeignet wäre, in seinem Schattenkaiserreich die „liberalen“ Elemente von der Republik ab und zum Imperialismus herüber zu ziehen. Gewiß ist, daß, wenn der Papst zum Abschied dem Prinzen seinen Segen gegeben hat, so zu sagen pränumerando als Gegenleistung für die Wiederherstellung des Kirchenvermögens, dieser Segen nicht sehr anschlug. Ueberhaupt stellte es sich bald als ein handgreiflicher Irrthum heraus, wenn man einer Einwirkung der päpstlichen Autorität auf die Mexikaner, Priester und Laien gleichviel, große Bedeutung zugeschrieben hatte. Der Katholicismus der indianischen Stammbevölkerung ist noch heute das alte, nur flüchtig-christlich überpinselte Aztekenthum, während die spanisch-kreolische Einwohnerschaft, soweit sie in Betreff der Religion nicht gänzlicher Gleichgültigkeit verfallen ist, ihrem religiösen Bedürfnisse mittelst Erfüllung der kirchlichen Ceremonienpflichten vollständig genuggethan zu haben glaubt. Von einem Papalismus im Sinne der Ultramontanen in Europa kann daher da drüben in Anahuak gar keine Rede sein. Nicht einmal bei der Klerisei. Diese gehört auf allen ihren Rangstufen unbestritten zu den bildungslosesten, zuchtlosesten und habgierigsten Pfaffheiten, welche jemals das Antlitz der Erde durch ihr Dasein besudelten. Trotzdem oder vielmehr gerade deßhalb war es ihr im Laufe der Zeit gelungen, ein ungeheures „Kirchengut" in ihren bodenlosen Pfaffensack einzuhamstern, — ein Kirchengut, dessen Werth auf 900 bis 1000 Millionen Francs geschätzt werden muß. Die mexikanische Klerisei, die sich des bekannten guten Kirchenmagens in hohem Grade erfreute, verdaute ohne Beschwerde den Ertrag dieser „apostolischen Armuth". Jedoch nahm das Verdauungsgeschäft so viele Zeit in Anspruch, daß sich die Hochwürdige um Anderes nur wenig oder auch gar nicht bekümmern konnte. Auch um den Papst nicht, wie denn Se. Heiligkeit für die mexikanischen Prälaten nur sehr zeitweilig existirte, wenn eben diese Existenz gerade in ihren Kram paßte. Dies geschah, als im Jahre 1859 die rechtmäßige Regierung der Republik Mexiko die Einziehung sämmtlicher Güter der „todten Hand" in gesetzlicher Weise verkündigte und durchzuführen begann, damit dieser unermeßliche Schatz, statt wie bisher einer unwissenden, hartherzigen und sittenlosen Kaste zu dienen, dem ganzen Lande zu gute kommen sollte. Dieses Attentat der „ketzerischen Liberalen" machte natürlich die mexikanischen Erzbischöfe, Bischöfe und Aebte aus trägen Genüßlingen im Handumdrehen zu eifrigen Soldaten der streitenden Kirche und als solche erinnerten sie sich denn auch wieder einmal ihres Generalissimus in Rom, welcher von ihnen bestürmt wurde, alle Furien des Vatikans gegen die neueste Rotte Korah loszulassen, d. h. gegen die Regierung des Präsidenten Juarez ....

Am Abend des 20. April schiffte sich der mit dem päpstlichen Segen ausgestattete Erzherzog wieder in Civita Vecchia ein und vier Tage darauf hielten die Novara und die Themis im Hafen von Gibraltar Rast. Beim Einfahren in denselben erblickte man vom Verdeck der östreichischen Fregatte ein großes Fahrzeug, welches, aus dem atlantischen Ozean kommend, ohne Maste und Takelwerk, ohne

Kanonen und Boote, langsam und traurig durch die Meerenge sich schleppte. Es war das italische Kriegsschiff „Il galantuomo“, welches durch Stürme mehrere Monate lang auf dem atlantischen Meere umhergeworfen und kläglich zugerichtet worden war. Gewiß ist es dem Erzherzog und seiner Frau nicht entfernt in den Sinn gekommen, in dem entmasteten, halbzerstörten Schiffsrumpf ein Vorzeichen zu sehen. Und doch sollte das gebrechliche, obzwar fröhlich bewimpelte Fahrzeug der Illusion, auf welchem sie sich nach Atlantis eingeschifft hatten, von den Stürmen, die da drüben ihrer warteten, bis auf die letzte Planke zerstört werden.

Am 29. April hatte das kleine Geschwader Madeira in Sicht und die Reisegesellschaft stattete der Insel einen kurzen Besuch ab. Nach der Abfahrt von Madeira trat an Bord der Novara Kohlenmangel ein und damit die „für das östreichische Gefühl bittere Nothwendigkeit“, sich von der französischen Fregatte, deren „selbstbewußte Superiorität schwer zu ertragen war“, ins Schlepptau nehmen zu lassen.

Wie wunderlich doch die Menschen sind! Ueber das kleine Aergerniß, daß die Novara von der Themis sich schleppen lassen mußte, ärgerten sich der Prinz und seine Begleiter und Begleiterinnen weidlich; über das große Aergerniß, daß ein Erzherzog von Oestreich am Schleppseil bonapartescher Politik als willenloses Werkzeug in ein zugleich thörichtes und frevelhaftes Abenteuer sich hineinziehen ließ, schwindelten sie alle sich hinweg. Freilich, Prinzen sind nicht verpflichtet, mehr Logik im Leibe zu haben als andere Menschen; im Gegentheil!

Maximilian hatte zudem während seiner Seereise kaum Muße zu logischen Uebungen. Denn er war, in seine Kajüte zurückgezogen, um und über damit beschäftigt, für sein Kaiserreich, wie er sich dasselbe nach den Schilderungen der am französischen und päpstlichen Hofe sollicitirenden und intrikirenden mexikanischen Glücksritter und Gesellschaftsretterbanditen vorstellte, eine ganze Masse von Gesetzen und Verordnungen zu redigiren, welche ebenso gut oder ebenso schlecht auf Wolkenkukuksheim wie auf Mexiko gepaßt hätten. Während er diese Kaiserarbeit that, war seine Gemahlin Charlotte nicht weniger emsig beschäftigt, in die Kaiserinrolle sich hineinzustudiren, und zwar dadurch, daß sie eine sehr ausführliche Hof- und Palastordnung entwarf.

Der Prinz und die Prinzessin, diese armen „Emperadores“ von Bonaparte's Gnaden, gingen ihrer Kaiserschaft entgegen, wie Kinder dem Weihnachtstisch entgegeneilen. Verheißungsvoll und lockend schimmert fernher der phantastisch geschmückte Christbaum, aber plötzlich tritt hinter demselben ein ruthenbewaffneter „Butzemann“, ein grimmiger Knecht Ruprecht hervor.

Einen ziemlich deutlichen Vorgeschmack tropischer Herrlichkeiten erfuhren die Reisenden während eines mehrtägigen Aufenthalts auf der Insel Martinique. Die farbige Bevölkerung kam ihnen doch sehr farbig vor, farbig bis zum — Riechen. Als die Neger und Negerinnen zu Ehren des erzherzoglichen Paares ihre scheusäligen Tänze aufführten und dazu gorillamäßig brüllten: „Vive l'empereur! Vive la fleur embaumée!“ fanden es die Reisebegleiterinnen der bebalsamten Blume, d. h. der Erzherzogin, gerathen, ihre, wie Gräfin Kollonitz bezeugt, „auf das Empfindlichste beleidigten“ Augen, Ohren und Nasen zu verschließen und zu verstopfen. Göthe's Ottilie hätte hier erst recht begriffen, was für ein großes Wort sie mit ihrem: „Niemand wandelt ungestraft unter Palmen —“ gelassen ausgesprochen habe.

Am 25. Mai durchfuhr die Novara die Meerenge zwischen dem Kap San Antonio auf Kuba und dem Vorgebirge Katoche, in welches die Nordostspitze von Yukatan ausläuft. Der Busen von Mexiko wurde binnen drei Tagen glücklich durchsegelt. Aber der herrliche Schneeriese, der Pik von Orizaba, der Sternberg („Ciltlatepetl“) der Azteken, leuchtete den Reisenden nicht vom Lande her entgegen. Er war, wie das ganze Land bis zum Meere herab, in Wolken gehüllt. Ein trauriger Anblick, nicht tröstlicher gemacht durch das Auftauchen des Gelbfiebernestes Veracruz aus seinen Sanddünen und Sümpfen. Am Nachmittag des

28. Mai ging die Novara beim Fort San Juan d'Ulua vor Anker. Der „Emperador" war im Begriffe sein Reich zu betreten und sein Volk kennen zu lernen.

Welches Reich? Was für ein Volk?

2.

Anahuak und Mexiko.

Die Entdeckung der großen Halbinsel Yukatan durch Hernandez de Kordoba i. J. 1517 vermittelte die Auffindung des Reiches der Azteken, des Landes Anahuak oder Mexiko durch Juan de Grijalva i. J. 1518. Damit war ein Seherwort des unglücklichen Kolon in Erfüllung gegangen, welcher in seinen letzten Lebenstagen so bitterlich es beklagt hatte, daß ihm nicht vergönnt gewesen, die Meere im Westen von Kuba zu untersuchen, wohinzu reiche Länder liegen müßten.

Schon der Anblick der Küsten von Yukatan hatte die Spanier mit Staunen erfüllt: denn hier trat ihnen überall die Thatsache einer Kultur vor Augen, welche den politischen und sozialen Zuständen,

2*

die sie bislang in der Neuen Welt getroffen hatten, bei weitem überlegen war. Grijalva, welcher an verschiedenen Stellen des mexikanischen Meerbusens landete, überall mit steigender Verwunderung die unverkennbaren Zeichen vom Vorhandensein eines civilisirten und mächtigen Staatswesens wahrnahm und von seinem Tauschhandelsverkehr mit den Küstenbewohnern eine stattliche Ausbeute an kunstvollem Goldgeschmeide und Edelsteinen davontrug, — Grijalva war ohne Zweifel der erste Europäer, welcher seinen Fuß auf den Boden von Anahuak gesetzt und den Verkehr mit den Azteken eröffnet hat. Am 19. Juni von 1518 begab sich der kühne Spanier an's Land, nahezu bei der Stelle, wo nachmals Veracruz angelegt wurde, entfaltete das Banner Kastiliens und ergriff unter den üblichen Bräuchen, wozu auch die Lesung einer Messe gehörte, Besitz von einem Reiche, dessen Ausdehnung er nicht entfernt ahnte und welchem er den Namen „Nueva España“ (Neuspanien) gab. Er ahnte auch nicht, daß sein und seiner Gefährten ganzes Gebaren durch aztekische Stenographen mittelst Bilderschrift zu

Papier gebracht und diese Depesche mittels einer wohleingerichteten Schnellläuferpost weit landeinwärts befördert wurde, nach Tenochtitlan, der im Hochthale von Anahuak prächtig gelegenen Hauptstadt des aztekischen Staatenbundes, den Moktheuzoma der Zweite beherrschte, in spanisch-wohllautenderer Korrumpirung Montezuma genannt, ein Monarch, welchem die Spanier, nachdem sie mit seiner Macht bekannt geworden, mit Fug den Titel „Emperador“ gegeben haben. Hätte der stupide Fanatismus christlicher Pfaffen, dem Vorgange des ersten Erzbischofs von Mexiko, Don Juan de Zummarraga, folgend, nach der spanischen Eroberung nicht ganze „Berghaufen“ von Rollen und Bänden aus Baumwolle-, Seide- und Aloebastpapier, welche die aztekische Literatur enthielten, dem Feuer überliefert, so würden wir vielleicht eine authentische Schilderung der Eindrücke und Empfindungen besitzen, die den Aztekenkaiser überkamen, als ihm von der Küste her die verhängnißvolle Meldung gebracht wurde von der Erscheinung der „weißgesichtigen, bärtigen Fremdlinge, welche auf Schiffen mit Flügeln das Meer befuhren, zu Lande auf vierfüßigen Schlangen ritten und in ihren Händen Blitz und Donner trugen". Zu jener Stunde verdüsterte der Schatten, welchen kommende Ereignisse vor sich her zu werfen pflegen („coming events cast their shadow before"), die Hallen der Hofburg von Tenochtitlan und unter den über die finstere Miene ihres Gebieters erschrockenen Kriegern, Priestern und Höflingen ging ein Geraune um von dem geheimnißvollen, weißgesichtigen, vollbärtigen Gotte Quetzalkoatl, welcher in grauer Vorzeit unter den Azteken als Kulturmessias aufgetreten, dann aber auf dem atlantischen Meere gen Osten gefahren war und die Verheißung zurückgelassen hatte, daß er eines Tages mit seiner Nachkommenschaft zurückkehren und sein Reich Anahuak wieder in Besitz nehmen würde.

Dieser unter den bis zur wildesten Grausamkeit aber auch bis zur opferfreudigsten Hingebung religiös gestimmten und gesinnten Azteken heimische Quetzalkoatl-Mythus erklärt das Wunder der Eroberung Mexiko's durch die Spanier zwar nicht ganz, aber doch zu einem guten Theile. Andere Erklärungsgründe sind die kriegerische Genialität, die frevelhafte Skrupellosigkeit und todverachtende Entschlossenheit des Kortez, sowie seine in allen Wassern der schlauesten und gewissenlosesten Politik gewaschene Diplomatie, mittels welcher er Hunderttausende von Indianern, insbesondere die Harste der tapfern Tlaskalaner, unter sein Banner und gegen den herrschenden Stamm der Azteken in die Waffen brachte. Das Reich Montezuma's hatte übrigens keineswegs den Umfang des nachmaligen Vicekönigreichs Neuspanien oder gar der späteren Föderativrepublik Mexiko. Den Untersuchungen des alten Clavigero in seiner „Storia antica del Messico“ zufolge, deren Resultate auch Prescott in seiner berühmten „History of the conquest of Mexico“ (I, 2) angenommen hat, reichte die Herrschaft der Azteken allerdings vom atlantischen Meere bis zur Südsee, beschränkte sich jedoch an jenem auf das Gebiet zwischen dem 18. und 21. und an dieser auf den Landstrich zwischen dem 14. und dem 19. Breitegrad. Indessen steht fest, daß die Herrscher von Anahuak, insbesondere in den letzten Zeiten ihres Reiches, den Einfluß ihrer Politik und die Macht ihrer Waffen gelegentlich weit über die Gränzen des Landes hinaustrugen.

Am Charfreitag (21. April) von 1519 landete Hernando Kortez mit seiner Abenteurerbande gerade da, wo jetzt Veracruz steht. Don Diego Velasquez, der Statthalter von Kuba, hatte den tapfern Kapitän, der früher ein großer Taugenichts gewesen war, mit dem Geschäfte der Eroberung von Anahuak betraut. Denn die Spanier spekulirten zu jener Zeit in Landfindungen und machten in Eroberungen, wie man heutzutage in Papieren spekulirt und in Kolonial- oder Manufakturwaaren macht. Die Krone Spanien hatte bei diesen Spekulationen und Machenschaften nur die Rolle eines Kommanditärs inne, dem ein gewisser Antheil vom Reingewinnste zukam. Die Eroberung von Peru durch Pizarro war bekanntlich geradezu ein Aktienunternehmen, mit welchem die spanische Kolonialregierung gar nichts zu thun hatte. Es war eine Zeit der fabelhaftesten Abenteuer. Spanische Schweinehirten, abgebrannte Studenten, angehende oder schon angegangene Räuber, kurz, lauter Leute, welche im Begriffe waren, im schönen Spanien zu verhungern oder gehenkt zu werden, stahlen sich in die Neue Welt hinüber und bildeten dort das „Heldengesindel" der Conquistadoren, welches märchenhafte Strapazen durchmachte, aber auch märchenhafte Erfolge erzielte und, ein Räuberthum höchsten Stils organisirend, den Silberthron Montezuma's in Tenochtitlan umstürzte und den Goldtempel der Sonne zu Kuzko ausleerte, — ein Räuberthum, welches das Kühnste vollbrachte, was Menschen vielleicht je gewagt, aber den höchsten Aufschwung menschlicher Kraft auf die gemeinsten Instinkte basirte und fromme Wuth, brennenden Golddurst und viehische Grausamkeit zu jenem scheußlichen Ganzen zusammenballte, welches den Namen Spanier zur Verwünschung Amerika's gemacht hat.

Kortez zog es vor, statt den Kommis des Großhändlers Velasquez darzustellen das Geschäft der Eroberung Mexiko's auf eigene Rechnung zu machen. Dieser eiserne Mann, in welchem der spanische

Nationalcharakter von damals in wahrhaft diabolischer Potenzirung zur Ausprägung kam, ist vielleicht der genialste, verwegenste und glänzendste Industrieritter gewesen, den es jemals gegeben hat. Er war auch so glücklich, in seiner Bande wenn nicht einen Homer, so doch einen Herodot seiner Thaten zu haben, den ehrlichen Bernal Diaz del Kastillo, welcher die Eroberung von Mexiko als „Miteroberer" so treuherzig-ausführlich erzählt hat (Historia verdadera de la conquista de la Nueva España, escrita por el capitan B. D. d. C., uno de los conquistadores" 1632, Fol.).

Am 16. August von 1519 trat Kortez von Cempoalla, der Hauptstadt der Totonaken aus mit seinem kleinen Heerhaufen — (15 Reiter, 400 Mann Fußvolk mit 7 Feldschlangen und 2500 indianische Krieger und Lastträger) — den Marsch nach der Hochebene von Anahuak an. Ihr Weg führte die Spanier zunächst durch das heiße Küstenland, die „tierra caliente", durch die üppige Tropengegend, die Heimat der Vanille, des Kakao und der Kochenille, durch das Land, wo Blüthen und Früchte und Früchte und Blüthen das ganze Jahr hindurch ununterbrochen einander folgen, wo die Luft mit Wohlgerüchen geschwängert ist, wo in den Hainen farbenherrliche Vögel schwärmen und Insekten, deren mit Schmelz bedeckte Flügel in den Stralen der „Wendekreissonne wie Juwelen funkeln“, allwo aber auch dieselbe Glutsonne, welche alle diese exotischen Pflanzen- und Thierweltwunder ins Leben ruft, die schreckliche Pestilenz des gelben Fiebers („vomito“) ausbrütet, damit ja das Gleichgewicht von Güte und Grausamkeit, welches die Natur kennzeichnet, nicht gestört werde.

Aus dem heißen Tieflande stiegen die Spanier die nach Osten gekehrte Abdachung der Kordilleras hinan, empor zur „tierra templada“, in die erfrischende Region der immergrünen Eichenwälder. Zur Rechten dunkelte die Sierra Madre mit ihrem Pinien-gürtel vor ihnen auf, gen Süden zu hob der majestätische Orizaba seinen firnschneebemantelten Leib aus der Andeskette heraus und sein Felsenhaupt mit der schimmernden Eiskrone himmelan. Ostwärts, schon weit hinter ihnen, blaute fernher der mexikanische Golf. Höher und immer höher hinauf wand sich der beschwerliche Pfad, längs der Seitenwände des ungeheuren Viereckberges (aztek. Nauhkampatepetl, span. Cofre de Perote), hinauf aus der gemäßigten Zone in die kalte („tierra fria“). Dann gelangten sie durch den Paß der Sierra del Agua in das offene, längs des Kammes der Kordilleren hingedehnte Tafelland mit italischem Klima. Die ganze Marschroute des „Conquistador“, wie Kortez par excellence seinen Landsleuten schon damals hieß und noch jetzt heißt, war so ziemlich dieselbe, welche in unseren Tagen von Veracruz nach der Hauptstadt des Landes hinaufführt, jedoch mit Ausschluß der beträchtlichen Abbeugung gen Süden nach Puebla. Wie bekannt, wurde der Weitermarsch des Eroberers aufgehalten durch die diplomatischen Verhandlungen und kriegerischen Kämpfe mit dem auf seinem Wege liegenden Freistaat Tlaskala, welche Verhandlungen und Kämpfe der spanische Feldhauptmann zu einem für sein Unternehmen so unberechenbar vortheilhaften, weil die Allianz der tapfern und treuen

Tlaskalaner ihm sichernden Frieden zu wenden wußte.

Von Tlaskala ging der Weitermarsch auf Cholula, den großen Wallfahrtsort Anahuaks. Die Stadt soll den Angaben des Eroberers zufolge zu jener Zeit 20,000 Häuser innerhalb und ebenso viele außerhalb derselben enthalten haben. Hier war jenes riesigste Bauwerk der Neuen Welt, jene Pyramide aufgethürmt, auf deren abgestumpfter Plattform der dem Quetzalkoatl geweihte Tempel (aztek. „Teokalli") stand. Alexander von Humboldt hat zu Anfang unseres Jahrhunderts diese kolossale, aus Steinen, Ziegeln und Thon erbaute Spitzsäule gemessen und gefunden, daß ihre senkrechte Höhe 177, die Basislänge einer ihrer vier Seiten 1423 Fuß betrug, daß ihre Grundfläche einen Bodenraum von 44 und ihre abgestumpfte Spitze einen Raum von 1 Morgen einnahm. Die Cholulaner waren eine rechte Wallfahrtortsbevölkerung, demoralisirt durch und durch. Der ursprünglich milde Kult des Kulturmessias Quetzalkoatl hatte allmälig die bluttriefenden Formen des aztekischen Glaubens angenommen, so zwar, daß auf dem Hauptaltar zu Cholula jährlich an 6000 Menschenopfer dargebracht wurden. Und dieser Gräuel geschah an einer Stelle, von welcher aus dem Menschenauge sich die prachtvollste Schau, die ihm werden kann, darbot und darbietet. Gegen Osten hin markirt der Ciltlatepetl-Koloß die Gränze des Gesichtskreises, gen Westen der Porphyrfelsenwall, welchen die Natur um das Hochthal von Anahuak gezogen, und wie zwei riesige, alle Bergspitzen Europa's an Höhe hinter sich lassende Wächter stehen da rechts und links der Popokatepetl (der „rauchende Berg") und die Iztaccihuatl (die „weiße Frau"). Wie damals die Spanier, so lassen auch heute noch alle Reisende von der Höhe der Pyramidenruine herab ihre Blicke mit Entzücken über die herrliche Ebene von Puebla hinschweifen.

Sei es, um die angeblich beabsichtigte Verrätherei der Cholulaner zu bestrafen, sei es, um einen gesellschaftrettenden Schrecken à la September von 1792 oder à la Dezember von 1851 einzuflößen und den „rothen Heiden" ein für alle mal zu zeigen, wie die „weißen Götter" dreinzuwettern wüßten, der Conquistador richtete unter den Bewohnern von Cholula ein schreckliches Blutbad an, welches die beabsichtigte Wirkung that. Ein Zittern lief durch ganz Anahuak.

Unter dem Einflusse dieses vor ihnen hergehenden Schreckens brachen die Spanier von Cholula nach Tenochtitlan auf. Ihr Weg führte sie zwischen den beiden vorhin genannten Bergriesen hindurch und es charakterisirt die unbändige spanische Abenteuerlust von damals, daß der Hauptmann Diego Ordaz mit neun seiner Landsleute so zu sagen im Vorübergehen die Besteigung des 17,852 Fuß über den Meeresspiegel sich erhebenden Popokatepetl unternahm, welcher zu jener Zeit noch in voller vulkanischer Thätigkeit sich befand. Die Waghälse drangen auch wirklich durch Wald und Gestein, Schnee und Eis, Lava und Asche bis in die Nähe des Kraters hinauf, nebenbei wohl auch in der Absicht, den Eingeborenen zu zeigen, daß den „weißen Göttern" die kühnsten Unternehmungen nur Zeitvertreibe seien. Zwei Jahre später erstieg auf des Eroberers Befehl Francisco Montano die Spitze des rauchenden Berges mit vier Begleitern und diese ließen den Kühnen zu wiederholten Malen in einem Korb in den Krater hinab, woraus er Schwefel zur Pulverbereitung heraufholte.

Nach einem beschwerlichen Marsche durch die Sierra eröffnete sich den Spaniern plötzlich der Niederblick auf das porphyrwallumgürtete Thal von Tenochtitlan oder Mexiko. Wie ein lachendes Rundgemälde lag es mit seiner Wälder- und Wasserfülle, mit seinen schimmernden Blumengärten und schattigen Hügeln, mit seinen sorgfältig bebauten Mais- und Magueyfeldern, mit seinen Cedern-, Eichen- und Maulbeerhainen vor den Augen der Staunenden, die Ufer der fünf Seen, welche es in seinem Schooße barg und deren Wassermasse bedeutend größer war als heute, von Städten und Dörfern wimmelnd, inmitten des Sees von Tezkuko aber, durch vier Dammstraßen mit dem festen Lande verbunden und von schwimmenden Gärten umgeben, das „aztekische Venedig“, die kaiserliche Stadt Tenochtitlan mit ihren weißglänzenden Mauern und ihren hochgethürmten Tempelpyramiden, das alles überragt von dem auf hohem Porphyrfelsberge gelegenen Sommerschloß Montezuma's, Chapultepek, beschattet von riesigen Cypressen. Was haben diese tausendjährigen Stämme nicht alles mitangesehen! Die Einwanderung der Tolteken, dann die der Azteken in das Hochthal von Anahuak, die spanische Invasion und die Vertreibung der Spanier, das triumphirende Flattern des Sternenbanners der Union und das Wehen der französischen Trikolore. In dem Schatten dieser Baumpyramiden hat der hochsinnige Guatemozin seinen Schwur gethan, sein Vaterland bis aufs Aeußerste gegen die räuberischen Bleichgesichter zu vertheidigen; in den Schatten dieser Wipfel hat Kortez mit seiner braunschönen Marina gekos't, hat Sealsfield seinen „Virey" entworfen, hat Maximilian von Oestreich Labung gesucht nach vergeblichen Tagewerken.

Montezuma hatte umsonst die ganze Schlauheit aztekischer Diplomatie aufgeboten, um die „weißen Götter" von seiner Residenz fernzuhalten. Seitdem er erfahren, wie sie in Cholula gewüthet, machte er

keinen ernstlichen Versuch mehr, diese Heimsuchung abzuwenden, sondern ergab sich darein mit jenem der indianischen Rasse eigenen Stoicismus und sandte seinen Neffen, den Vasallenkönig von Tezkuko, den schrecklichen Fremdlingen, welche derweil bis zur Stadt Ajotzino am See Chalko vorgerückt waren, zur Begrüßung entgegen. Beim Weitermarsch von da nach Iztapalapan, wo Kortez vor dem Einzug in Tenochtitlan zum letzten mal nächtigte, stieg die Verwunderung der Spanier über das, was sie ringsher sahen, immer höher, wie der ehrliche Bernal Diaz erzählt (p. II, c. 9).

„Als wir auf die breite Heerstraße von Iztapalapan gelangten, fiel uns die Menge von Städten und Dörfern in die Augen, welche mitten in die Seen gebaut waren, die noch größere Zahl von bedeutenden Ortschaften an den Ufern und die schöne schnurgerade Straße, welche nach Mexiko führte. Wir sprachen unter einander, daß hier alles den Zauberpalästen in dem Ritterbuch vom Amadis gliche: so hoch und stolz und herrlich stiegen die

Thürme, die Tempel und die Häuser der Stadt mitten aus dem Wasser empor."

Am folgenden Tage (8. November 1519) zogen die Spanier in die Hauptstadt ein. „Als uns — schreibt Bernal — alle die bewundernswerthe Herrlichkeit derselben ins Auge fiel, wußten wir gar nicht, was wir sagen sollten, und wir zweifelten fast, ob auch alles, was wir vor uns sahen, wahr und wirklich sei." Auch während der folgenden Tage hielt dieses Starren und Staunen an, als die spanischen Gäste des aztekischen Herrschers den ungeheuer weitläufigen Palast desselben, die Straßen, Gärten und Marktplätze, die wohlgeregelte Polizei, die Gewerbethätigkeit und den Handelsverkehr der Stadt beaugenscheinigten. Aber auf der Plattform des großen Reichs-Teokalli, beim Anblick der Statue des Schutz- und Trutzgottes der Azteken, des Huitzilopotchli, der blutbespritzten Tempelwände, des furchtbaren Jaspisblockes, auf welchem die Menschenopfer ausgestreckt wurden, damit ihnen der Oberpriester mit einem Steinmesser die Brust öffnete und das noch schlagende Herz herausriſſe,

um es dem Gotte vor die Füße zu werfen, da standen selbst diesen eisernen Gesellen vor Grauen die Haare zu Berge. Sie dachten nicht entfernt daran, daß der gräuliche Götze, vor welchem zuckende Menschenherzen als Opfer dampften, nur eine andere Form der Gottheit sei, welcher zum Wohlgefallen bei ihnen daheim in Spanien die Menschenopfer der „Glaubensakte“ (Autos da fé) verbrannt wurden; wohl aber mochte manchen von ihnen die schreckliche Ahnung durchschaudern, daß eine Stunde kommen könnte, wo er selber auf dem Opferstein Huitzilopotchli's ausgestreckt sein würde.

Diese Stunde kam in der Nacht vom 1. auf den 2. Juli 1520, in der „traurigen Nacht“, als Kortez nach der Gefangennahme und dem Tode des unglücklichen Montezuma vor einer allgemeinen und energischen Insurrektion der Azteken einstweilen sein Banner streichen und seinen kleinen Harst in entsetzlich bedrängter Flucht aus Tenochtitlan hinwegführen mußte. Niemals hat sich des Eroberers heldische Kraft, niemals der spanische Muth herrlicher bewährt als in den fürchterlichen Bedrängnissen der „noche triste“. Und die weißen „Teules“, Götter oder Teufel, wie sie von den Azteken genannt wurden, kehrten wieder. Schon am 31. Dezember von 1520 konnte der unerschütterliche Conquistador an der Spitze von nahezu 600 Spaniern, worunter 40 Reiter, und von 100,000 verbündeten Indianern wiederum von Tlaskala her in das Hochthal von Mexiko einmarschiren und in der Stadt Tezkuko sein Hauptquartier aufschlagen, um zu der berühmten Belagerung von Tenochtitlan zu verschreiten, deren Katastrophe man an Furchtbarkeit treffend mit der von Jerusalems Eroberung durch Titus verglichen hat. Die zur Verzweiflung getriebenen Azteken wichen nur einem Feinde, der noch schrecklicher war als die „Teules“, dem Hunger; ja, nicht einmal diesem. Sie fochten bis zuletzt und ließen sich lieber massenhaft hinschlachten, als daß sie die Gnade des Siegers anflehen wollten. Am 13. August von 1521 fiel der heroische Guatemozin, der letzte Aztekenkaiser, in die Hände der Spanier und damit war der Widerstand der verhungerten Bewohner Tenochtitlans zu Ende. Die Stadt war nur noch ein Trümmerhaufe. Von ihren Bewohnern waren während der Belagerung nach der höchsten Schätzung 240,000, nach der niedrigsten 120,000 umgekommen. Dem elenden Reste, zwischen 30 und 70,000, Weiber und Kinder ungerechnet, wurde gestattet, die mit Leichnamen besäeten und von denselben verpesteten Ruinen des aztekischen Venedigs zu verlassen.

Kortez, später von Kaiser Karl dem Fünften zum Marques del Valle Oaxaca ernannt, vollendete die Unterwerfung des Landes bis zur Südsee hinüber und bis gen Centralamerika hinab. Der grausamen Kolonialpolitik der Spanier gemäß wurden die gesammten Eingeborenen zu Sklaven der Eroberer gemacht. Diese mittels des Systems der „Repartimientos", d. h. mittels der Schenkung von Land und Leuten an die spanischen Eindringlinge bewerkstelligte Verknechtung der Indianer ist bis zu dieser Stunde noch nicht völlig gebrochen und aufgehoben, indem die sogenannte Peons-Wirthschaft die Masse der Eingeborenen noch immer als Leibeigene der Weißen erscheinen läßt, obgleich die Abkömmlinge der ursprünglichen Herren des Bodens durch die Verfassung der Republik Mexiko den Nachkommen ihrer Besieger und Eroberer theoretisch-rechtlich vollkommen gleichgestellt sind. Es muß aber gesagt werden, daß das spanische Joch, wie schwer auch immer es auf Anahuak gelastet hat, hier dennoch nicht die vernichtenden Wirkungen that wie anderwärts. Die indianische Bevölkerung wurde zwar decimirt, aber nicht ausgerottet. In ihren Dörfern zusammengedrängt und unter ihren eigenen Obrigkeiten lebend, hat sie ihren spanischen Herren gegenüber einen passiven Widerstand von unbesieglicher Zähigkeit entwickelt. Und nicht nur das. Mit der Befreiung des Landes von den Spaniern trat das indianische Element immer bedeutsamer wieder in den Vordergrund, so sehr, daß, wie Jedermann weiß, in der neueren und neuesten Geschichte Mexiko's Indianer vorragende Rollen innehatten und innehaben. Dies beweist, daß die Abkömmlinge der alten Kulturvölker des nordamerikanischen Kontinents, die Nachkommen der Tolteken und Azteken

denn doch in ganz anderem Grade kulturfähig waren und noch sind als ihre Rassegenossen.

Im Jahre 1524 war genau an der Stelle, wo das zerstörte Tenochtitlan gestanden, das neue Mexiko, die Hauptstadt von Neuspanien, schon so ziemlich fertig gebaut. Da, wo der Palast Montezuma's sich erhoben hatte, dehnte sich jetzt die schöne „Plaza major" hin, von welcher als dem Mittelpunkte der Stadt die Hauptstraßen ausliefen, und zwar nach den verschiedenen durch den See führenden Dammwegen hin. Da, wo der kolossale Teokalli des Huitzilopotchli in die Lüfte geragt, erhob jetzt die dem heiligen Franciskus geweihte Kathedralkirche ihre prächtigen Steinmassen. Im ehemaligen Park der aztekischen Kaiser wurde ein stattliches Franciskanerkloster erbaut und gerade gegenüber ein Palast für Kortez, welcher später der Sitz der Vicekönige geworden ist.

Kortez selbst ist bekanntlich von dem spanischen Hofe schließlich mit kaum minder schnödem Undank belohnt worden, als dem Kolon zu Theil geworden war; doch hatte er besser für sich zu sorgen verstanden als dieser. Nach des Conquistadors Entfernung von der Regierung Neuspaniens nahm die spanische Kolonialpolitik mit ihrer ganzen Brutalität daselbst ihren Anfang, — ein System, innerhalb dessen Stupidität, Habsucht und Grausamkeit um die Palme der Infamie stritten, — ein System, welches wie die spanischen Kolonien so auch das Mutterland selber zu Grunde gerichtet hat. Selbstverständlich thaten sich die glaubenseinigen und glaubenseifrigen Spanier auf die „Bekehrung" der Eingeborenen viel zu gute, ein Werk echtspanischer Frömmigkeit. Da, wo die Blutaltäre des aztekischen Obergottes geraucht hatten, rauchten jetzt die Scheiterhaufen der christlichen Inquisition. In religiöser Beziehung also kamen die Eingeborenen nicht aus dem gewohnten Geleise. Ihre frommen Heidenpfaffen gaben fromme Christenpriester ab und fuhren fort —

„Zu glauben, daß den Himmel sie verdienten,
Wenn Andern sie die Erd' zur Hölle machten."

Gerade 300 Jahre währte in Mexiko die spanische Tyrannei, der alles Leid und Wehe, welches das Land auch nach Erlangung seiner Selbstständigkeit erlitten hat, unbedenklich auf Rechnung geschrieben werden muß. Es sieht sogar einem lieben hellen Wunder gleich, daß die Mexikaner nach dieser dreihundertjährigen systematischen Demoralisirung und Depravirung überhaupt noch die moralische Kraft hatten, das Joch ihrer Tyrannen zu zerbrechen. Zweifelsohne ist hiebei ein Hauptfaktor gewesen die stupide spanische Regierungsregel, nur in Spanien geborene Spanier für voll und ämterfähig anzusehen, die spanischen Kreolen (criollos) aber, d. h. die Abkömmlinge spanischer Kolonisten, auch wenn dieselben von reinweißer und reinspanischer Abkunft waren, als eine Kaste zu betrachten, welche zwar über den Kasten der Indianer, der Neger, Mulatten, Mestizen und Zambos stand, jedoch zu der bevorrechteten Klasse der Vollblutspanier (gachupinos) gerade so sich verhielt, wie die Indianer und die Farbigen zu den Kreolen. Diese, schwergereizt und rachedurstig, wie sie waren, haben denn auch in Verbindung mit den grausam mißhandelten Indianern der spanischen Herrschaft ein Ende gemacht.

Vom Jahre 1810 an waren verschiedene Empörungen gegen diese Herrschaft in den weiten Gebieten von Neuspanien zum Ausbruche gekommen, aber in Strömen von Blut erstickt worden. Merkwürdiger Weise ist es, wie jedermann weiß, ein Pfarrer von indianischer Abkunft gewesen, Miguel Hidalgo, welcher den ersten Schmerzensschrei („grito de dolores") gegen die Spanier ausstieß und die Fahne der Empörung erhob (September 1810), was leicht erklärlich wird, wenn man bedenkt, daß diese armen Teufel von Dorfgeistlichen allen Druck und Uebermuth der in üppigen Pfründen müssig und zuchtlos schwelgenden spanischen Prälaten auszuhalten hatten.

Die Rebellion von 1820 führte die Katastrophe des spanischen Regiments herbei. Der 63. Virey von Neuspanien, Don Juan O'Donoju, war der letzte. Der Abfall des Obersts Don Agostino Iturbide von der Regierung entschied die Sache. In dem ersten, am 24. Februar von 1822 zusammengetretenen Generalkongreß des mexikanischen Volkes hatte der Republikanismus eine überwiegende Stimmenmehrheit. Allein die Armee zwang, von der Geistlichkeit unterstützt, die Versammlung, den Iturbide zum Kaiser von Mexiko zu wählen und als Emperador Agostino der Erste zu proklamiren. Der improvisirte Kaiser war aber eigentlich ein ganz ordinärer Korporal und vermochte sich demnach in dem ruhelosen Wirbel der alsbald anhebenden Parteikämpfe nicht zu halten. Er mußte schon im März von 1823 abdanken und das Land verlassen. Darauf entwarf ein konstituirender Kongreß eine der nordamerikanischen nachgebildete freistaatliche Verfassung für die aus 19 Staaten, 1 Föderalgebiete und 5 Territorien bestehende Föderativrepublik Mexiko. Diese Verfassung trat am 4. Oktober von 1824 in Kraft. Sie hatte aber nicht die geschichtliche Unterlage und demnach auch nicht den Geist, sondern eben nur die Form der Verfassung der Union, und schon die spanisch-stupide Bestimmung, daß der Katholicismus die bevorrechtete Staatsreligion sein sollte, machte eine gedeihliche Entwickelung der neuen Republik fraglich, wenn nicht unmöglich. Mexiko hätte nach Erlangung seiner Unabhängigkeit eines erleuchteten Despoten bedurft, welcher mit dem Genie, mit der Vaterlandsliebe und Pflichttreue Cromwells die eiserne Hand Napoleons vereinigte. Statt dessen fand es nur eine Reihe von Intrikanten, deren Mehrzahl auf der alleruntersten Sprosse der sittlichen Leiter stand.

Ein schöneres, reicheres, günstiger gelegenes Gebiet als das der neuen Republik Mexiko kann gar nicht gedacht werden. Der Flächenraum desselben ist nie genau bestimmt worden und die Angaben schwanken zwischen 32,000 und 40,000 Geviertmeilen. Jedenfalls ist Mexiko, zwischen dem 15. und 32. Grade nördlicher Breite gelegen und im Osten durch den mexikanischen Golf, im Westen durch die Südsee, im Norden durch die Union und im Süden durch Guatemala begränzt, mehr denn 3 Mal so groß wie Frankreich. Im Jahre 1857 ergab eine freilich nicht ganz genaue und verläßliche Zählung eine Bevölkerung von 8,287,413 Seelen, worunter etwa 2,200,000 Kreolen, d. h. im Lande geborene Weiße. Städte, Flecken und Dörfer (ciudades, villas y pueblos) wurden damals 5128 gezählt.

Der beste und glänzendste Schilderer der transatlantischen Welt, Karl Postel, hinter dessen Charles-Sealsfield-Maske nach seinem Tode ein Deutscher zum Vorschein kam, hat Mexiko unlange nach der Abwerfung des spanischen Joches (1828) bereis't und Land und Leute mit Meisterschaft photographirt. Das von ihm damals entworfene Bild muß in seinen Hauptzügen noch heute als treu und treffend anerkannt werden. „Noch ist — sagt er — alles Chaos, Zerstörung, Verworrenheit und moralischer Schutt. Alles, was bestanden, ist über den Haufen geworfen, vernichtet, zerbrochen oder kümmerlich zusammengefügt, um beim ersten Windstoße wieder über den Haufen geworfen zu werden. Denn nicht bloß eine dreihundertjährige Regierung, auch die gesellschaftliche Form, die sie begründet, ist zerbrochen; der Glaube, die Religion, alles ist gebrochen; alles nennt sich frei und alles steht sich feindselig gegenüber. Millionen von Indianern, dem Buchstaben des Gesetzes nach frei, in der That aber die Sklaven jedermanns; ein Adel, der seine Titel verloren, aber seine Majorate beibehalten hat und auf diesen der unumschränkte Gebieter seiner sogenannten Mitbürger ist; eine herrschende Kirche ohne Hirten; eine Religion, welche die Dreieinigkeit lehrt, und ein Volk, welches an keinen Gott oder an die Götzen der alten Azteken glaubt; der wüthendste Fanatismus und der ekelhafteste Atheismus; eine nationale Repräsentation und Scharen militärischer Diktatoren und Tyrannen, von denen es sich der geringste zur Schande rechnen würde, den gegebenen Gesetzen zu gehorchen. Mit einem Worte, die zügelloseste Freiheit, die, phantastisch wild aufgeschossen, noch viele Phasen durchzumachen haben wird, ehe sie sich zur gesetzlichen Freiheit gestaltet. Sie wird sich aber gestalten; denn die Elemente des Guten sind auch hier zahlreich und kräftig, obwohl der Sauerteig der verdorbensten Civilisation, die je ein Land vergiftet hat, tief eingedrungen ist und lange und schmerzliche Krankheiten verursachen wird."

Unser Gewährsmann hat vergessen, unter den Elementen des Guten, die er andeutet, zwei namhaft zu machen, welche wohl die besten sind und am meisten Hoffnung erwecken. Das ist die glühende Vaterlandsliebe, welche allen gebildeteren Mexikanern, die sittlich ganz verkommenen und verlorenen ausgenommen, zu eigen; das andere ist die Züchtigkeit der mexikanischen Frauen aus den höheren Klassen. Wo die Männer ihr Land und die Frauen ihre Ehre lieben, da ist auch die Möglichkeit eines gesunden und freien Staatslebens vorhanden.

3.

Anarchie.

Zunächst freilich — und dieses Zunächst währte an 40 Jahre — quoll und quirlte, brodelte und sprudelte das Chaos wild und wüst über- und untereinander. Auch war die mexikanische Anarchie weit davon entfernt, eine „gemüthliche" zu sein. Im Gegentheil, sie war die Ungemüthlichkeit im Superlativ. Man füsilirte und wurde da füsilirt nur so im Schwick und Handumdrehen. Die Partei-Justiz oder Nichtjustiz war so prompt, daß das Hinrichten nicht selten dem Richten voranging. Das Stand- und Schandrecht wurde von diesen Raubrittern in Zarapes, Mangas und Sombreros zu einer Virtuosität ausgebildet, daß die Geschichte der Republik Mexiko lange, lange nur ein merkwürdig aufrichtiges und außerordentlich expeditives Praktikum über den welthistorischen Gesetzesparagraphen „Wehe den Besiegten!“ gewesen ist.

Zum ersten Präsidenten war nach Konstituirung des Freistaats der General Vittoria gewählt worden. Noch vor dem Amtsantritt desselben hatte den weiland Kaiser Agostino den Ersten ein blutiges Schicksal ereilt. Iturbide, über die Stimmung in Mexiko schlecht unterrichtet, landete, aus England kommend, am 13. Juli von 1824 bei Soto la Maria im Staate Tamaulipas. Man weiß noch heute nicht genau und vielleicht wußte der unfähige Mensch es selber nicht genau, ob er kam, um den Kaiserschaftsversuch zu wiederholen, oder nur, um seinem Heimweh genugzuthun. Er war aber inzwischen vom Generalkongreß geächtet worden, wurde demzufolge gefaßt, nach Padilla geschleppt, gestandrichtet und sofort erschossen. So starb denn der erste weiße Kaiser von Mexiko eines so gewaltsamen Todes, wie der letzte rothe Kaiser, der wahrhaft erlauchte Guatemozin, gestorben war, welchen ja Kortez zur Fastenzeit von 1525 auf dem Marsche nach Honduras an den Ast eines Ceibabaumes am Wege hatte aufknüpfen lassen. Ein ungesundes Land für Emperadores, dieses Mexiko!

Das wilde Parteiwirrsal, welches die junge Republik durchtobte, entsprang zuvörderst aus der Streitfrage, wie weit die souverainen Rechte der Einzelstaaten zu Gunsten der Bundesgewalt zu beschränken seien. Die hierüber weit auseinander gehenden Ansichten brachten die Bildung von zwei großen Parteien zuwege und diese Parteien, die der Föderalisten und die der Centralisten, bekämpften sich mit Panther-Wuth. Die Centralisten setzten, die Mehrzahl der Leute von Bildung in ihren Reihen zählend, i. J. 1828 die Wahl des Generals Pedraza zum Präsidenten durch, aber derselbe mußte bald dem General Guerrero, einem Mestizen, weichen, welchen die Föderalisten erhoben. Die Popularität Guerrero's hielt aber nur bis zum folgenden Jahre vor, wo er abtreten und die Staatsleitung dem Vicepräsidenten Bustamente überlassen mußte. Diesen verjagte der General Santa-Anna, der schlimmste aller schlimmen Dämonen seines Landes, zu Ende des

4*

Jahres 1832, um die Gewalt Pedraza's scheinbar wiederherzustellen. Schon im Juni von 1833 machte er diesem Schein ein Ende, indem er sich von dem terrorisirten Kongresse selber zum Präsidenten wählen ließ. Zwei Jahre später proklamirte er die offene Säbelbrutalität als höchstes Gesetz, jagte den Kongreß auseinander und mißregierte als Diktator. Wieder ein Jahr darauf ging seine Herrlichkeit auch bachab. Der Staat Texas hatte sich von Mexiko losgerissen, d. h. die in Texas angesiedelten Angelsachsen hatten die Unabhängigkeit des herrlichen Landes erklärt, um dasselbe zu einem Gliede der Vereinigten Staaten zu machen. Santa-Anna zog gegen die Rebellen zu Felde, verlor aber in der Schlacht am San Jacinto Sieg und Freiheit (April 1836). Im nächsten Jahre kam wieder Bustamente als Präsident obenauf und mit ihm der Centralismus. Die Verfassung wurde ganz in diesem Sinne umgestaltet und demzufolge die Föderativrepublik Mexiko in eine Einheitsrepublik verwandelt, in welcher die bisherigen souverainen Einzelstaaten zu bloßen Provinzen herabsanken.

Eine derselben, eine größte und schönste, Kalifornien, riß sich zu dieser Zeit, dem Beispiele Texas folgend, ebenfalls von Mexiko los, um die Union zu vergrößern. Etwas später lös'te auch Yukatan sein von jeher sehr lose und locker gewesenes Verhältniß zu Mexiko, welches vergebens die Wiedereroberung von Texas versuchte und i. J. 1838 auch in eine Art Krieg mit Frankreich verwickelt wurde, weil es den im Lande niedergelassenen Franzosen nicht gestatten wollte, Kleinhandel zu treiben.

Im März von 1839 stellten die Föderalisten den inzwischen aus der Gefangenschaft zurückgekehrten Santa-Anna als Gegenpräsidenten auf, allein Bustamente erwies sich vorderhand noch als der Stärkere, welcher im Juli von 1840 auch die Rebellion des Generals Urrea zu besiegen oder vielmehr zu beschwichtigen wußte. Aber im Oktober des folgenden Jahres rebellirte Santa-Anna mit Glück und diktatorisirte in gewohnter Weise zwei Jahre lang, bis zum 4. Oktober von 1843, wo eine Revolte ihn stürzte. Aber zu Anfang des nächsten Jahres war der Unvermeidliche doch schon wieder Präsi-

dent, um im Herbste des nächsten Jahres abermals gestürzt zu werden und den General Paredes zum Nachfolger zu erhalten. Paredes blieb aber nur 36 Tage lang Staatsoberhaupt. Denn schon am 7. Dezember von 1844 wurde er vom Präsidentenstuhl herabgeschmissen und der General Herrera auf denselben erhoben. Herrera seinerseits mußte im Januar von 1846 abermals dem Paredes weichen und dieser im August desselben Jahres wieder einmal dem Santa-Anna. Man meint beim Anblick dieser dampfgeschwinden Erhebungen und Stürze, Wiedererhebungen und Wiederstürze der göthe'sche Vers:

„Einer dieser Lumpenhunde
Ward vom andern abgethan"—

müßte eigens für Mexiko gemacht worden sein.

Santa-Anna stellte die Föderativverfassung wieder her und führte den derweil mit den Vereinigten Staaten um Texas willen ausgebrochenen Krieg so gut es eben gehen wollte. Daß die Yankees den „lausigen Schwarzbärten", wie sie die Mexikaner verachtungsvoll betitelten, vollständig den Meister zeigten, ist selbstverständlich. Am 9. März 1847 landete die vom General Scott befehligte Armee der Union bei Veracruz, am 13. September nahm sie die Hauptstadt Mexiko mit stürmender Hand. Das Gebaren der amerikanischen Sieger, welche Festigkeit mit Milde zu paaren wußten, flößte den Besiegten so große Achtung ein, daß eine starke Partei dem General Scott die Präsidentschaft der Republik Mexiko anbot, ja sogar mit der Einfügung des ganzen Landes in die Union sich einverstanden erklärte. Brother Jonathan war aber viel zu klug, um eine Annexirung von ganz Mexiko schon jetzt zeitgemäß, praktisch und räthlich zu finden, und begnügte sich, einstweilen Texas, Kalifornien und Neu-Mexiko, unermeßliche Länderstrecken, mittels des Friedensschlusses von Guadalupe-Hidalgo einzuheimsen (März 1848). Diese Demüthigung fiel so schwer auf Santa-Anna zurück, daß er die Präsidentschaft niederlegen und aus dem Lande fliehen mußte.

Sein Nachfolger Herrera behauptete sich nur mühsam gegen Paredes und andere Bewerber um die Präsidentschaft und unter diesen ewigen Zänkereien und Stänkereien wuchs die Anarchie zu einer solchen Unerträglichkeit an, daß viele Leute an der Möglichkeit einer Republik Mexiko ganz verzweifelten und das Heil in der Errichtung eines Throns sahen, auf welchen irgendein europäischer Prinz berufen werden sollte. Es kann gar nicht bestritten werden, daß sich in den Reihen dieser monarchischen Partei neben sehr schmutzigem Menschenspülicht Männer von aufrichtigem Patriotismus und reinem Wollen vorfanden; allein ebenso wenig, daß die Royalisten ihre Sache von vornherein bemakelten und verdarben, indem sie sich mit der kraß egoistischen und bodenlos unsittlichen Pfaffenpartei verbanden. Den Monarchisten gegenüber standen die Republikaner, an Zahl jenen weit überlegen und, wenn auch in die Fraktionen der Liberal-Konservativen und der Radikal-Demokraten gespalten, zur Aufrechthaltung der Republik einig und entschlossen. Die radikal-demokratische Partei bekannte, insbesondere dadurch eine gründliche und entschiedene Besserung der politischen und sozialen Zustände des Landes anzustreben, daß den jeden Vorschritt zum Guten hemmenden Anmaßungen und Vorrechten des Militärs und des Klerus ein Ende und das ungeheuere Vermögen des letzteren zur Tilgung der Staatsschulden, zur Einrichtung von Schulen und gemeinnützigen Anstalten aller Art nutzbar gemacht werden sollte. Die Parteischattirungen haben sich später noch vielfach verschoben und die Benennungen der Fraktionen haben wiederholt gewechselt. So nahmen z. B. die beiden republikanischen Fraktionen zeitweilig die Namen der Moderados und der Puros an. Im Großen und Ganzen gestaltete sich aber die Sache allmälig so, daß die Vorwärtser die Gesammtbezeichnung der Liberalen erhielten und Liberalismus identisch war mit Republikanismus und daß die Rückwärtser unter dem Parteinamen der Konservativen mehr und mehr sammt und sonders unter der pfäffisch-monarchischen Fahne sich zusammenthaten.

Im Jahre 1851 machten die Liberalen den General Arista zum Präsidenten; aber der Mann war einsichtig und bescheiden genug, zu erkennen, daß es weit über seine Kräfte ginge, den mexikanischen Staatswagen aus dem bodenlosen Koth der Unordnung und Finanznoth herauszukutschiren. Er dankte daher schon zu Anfang des Jahres 1852 ab und nun war die Hilflosigkeit aller Parteien so kläglich und schmählich groß, daß sie sich zu dem Verzweiflungsstreich vereinigten, den ewigen Santa-Anna aus der Verbannung zurückzurufen und abermals mit diktatorischer Gewalt zu bekleiden (April 1853). Zwei Jahre darauf erlag dieser Mensch, welcher unter andern schönen Eigenschaften auch die besaß, der größte Dieb seines Landes zu sein, einer gegen ihn gerichteten Schilderhebung, welche der rothhäutige oder vielmehr gescheckthäutige Wütherich Juan Alvarez versuchte, ein Indianerhäuptling, welcher seit langer Zeit die Provinz Guerrero nominell als Gouverneur, faktisch als unumschränkter Tyrann beherrscht hatte und dieselbe bis zu seinem Tode beherrschte. Dieser „Panther des Südens" zog gegen die Hauptstadt herauf, die Puros erklärten sich für ihn, Santa-Anna nahm wieder einmal Reißaus und der gescheckthäutige Barbar hielt nach vorhergegangener Wahlkomödie am 15. November von 1855 als Präsident seinen

Einzug in Mexiko, worauf die Puros die durch Santa-Anna ins Land gerufenen Jesuiten aus demselben verjagten und dem Klerus und dem Militär das Privilegium einer besonderen Gerichtsbarkeit entzogen.

Allein der „Panther des Südens“ hielt es nicht lange auf dem Präsidentenstuhl aus. Die Stadt langweilte ihn und er sehnte sich in die Wildnisse und Urwälder von Guerrero, Michoakan und Oaxaka heim. Dorthin kehrte er im Dezember von 1855 zurück, nachdem er den gewesenen Oberzöllner von Akapulko, Ignacio Kommonfort, zu seinem Nachfolger bestellt hatte. Die Präsidentschaft Kommonforts fand im Lande nur eine theilweise und schluderige Anerkennung, doch hielt sich der Oberzöllner gegen verschiedene Revolten und berief im Juni von 1856 einen Generalkongreß, welcher ein neues Grundgesetz entwerfen sollte. Maßen in dieser Versammlung die Liberalen obenauf waren, wurde endlich ein ernstlicher Versuch gemacht, mit der sehr bedürftigen Staatshand in den unermeßlich weiten und dicht vollgestopften

Pfaffensack hineinzugreifen. Dies geschah mittels des berühmten Dekrets vom 6. Juni, welches sämmtlichen Korporationen verbot, Grundeigenthum zu besitzen. Der Werth der Kirchengüter sollte kapitalisirt und der Zinsenertrag an die Geistlichkeit ausgefolgt werden. Daraufhin natürlich wüthendes Bonzengegrunze und furchtbares Religionsgefahrspektakel. Die Priester verschworen sich von da an förmlich zur Vernichtung der Republik, organisirten an allen Ecken und Enden „Gritos" und gewannen in der Armee eine nicht kleine Zahl von Parteigängern, unter denen sich der junge Oberst Miguel Miramon sowohl durch Befähigung als durch scheußliche Grausamkeit hervorthat. Er war an Meineidigkeit und Raubgier dem Santa-Anna und an Brutalität dem „Panther des Südens" ganz und gar ebenbürtig, dieser edle Religionsretter.

Der Kongreß verkündigte am 5. Februar von 1857 das neue, im demokratischen Geiste gehaltene Grundgesetz, welches auch den Grundsatz der religiösen Duldung enthielt. Kommonfort ist dann für eine neue Amtsdauer zum Präsidenten gewählt worden und wußte seine und der neuen Verfassung Gegner noch eine Weile im Schach zu halten, sowie auch widerwärtige diplomatische Verwickelungen mit England und Spanien, in die man gerathen war, nothdürftig auszugleichen. Bevor jedoch das Jahr zu Ende, erhob ein Werkzeug der Pfaffenpartei, der General Zuluaga, an der Spitze seiner Brigade die Aufruhrfahne. Nun ließen die Liberalen den verbrauchten Kommonfort, welcher zuletzt auch mit den Rückwärtsern geliebäugelt hatte, fallen und erwählten zum Präsidenten der Republik den bisherigen Obmann des Obertribunals, den aus Oaxaka stammenden Vollblutindianer Benito Juarez, einen Mann von Intelligenz, wissenschaftlicher Bildung, Redlichkeit und Charakterfestigkeit, also eine wahre Perle in diesem mexikanischen Korruptionsschmutzmeer. Die Klerikalen stellten in der Person Zuluaga's einen Gegenpräsidenten auf. Es war aber ein bedeutsamer Zukunftswink, daß die Regierung der Vereinigten Staaten ihren Gesandten nicht bei Zuluaga, sondern bei Juarez beglaubigte. Der Präsident der Klerikalen mußte übrigens bald dem Miramon weichen, der an seine Stelle trat.

Zwischen den beiden großen Parteien entbrannte jetzt der offene Bürgerkrieg, in dessen Leitung Juarez schon jene Unerschütterlichkeit entwickelte, die er später in einem noch viel gefährlicheren und bedeutungsvolleren Kampfe bewähren sollte. Auf Seite der Rückwärtser hat sich neben Miramon insbesondere der General Leonardo Marquez berufen gemacht durch Tapferkeit, Bigotterie und Gefühllosigkeit. Er war es, der das Erschießen der Gefangenen in großem Stile zuerst in Uebung brachte, während Miramon seine Talente jetzt mehr nach der Seite des Raubens als des Mordens ausbildete. Neben den 5 großen Zwangsanleihen, welche er während seiner Afterpräsidentschaft dem Lande, soweit er über dasselbe verfügen konnte, abpreßte, hat er auch zu verschiedenen Malen große Baarsummen, welche den englischen Staatsgläubigern gehörten und zur Ausfolgung an dieselben im Hotel des englischen Gesandten aufbewahrt wurden, gewaltsam gestohlen. Von seinem allerunsaubersten Geldgeschäfte später.

Der so eben erwähnte, durch Miramon an britischem Eigenthum verübte Diebstahl war nur eine der völkerrechtswidrigen Handlungen und Gewaltthätigkeiten, welche während des Bürgerkriegs von beiden Parteien, aber doch, wie unzweifelhaft erwiesen ist, ganz entschieden vorwiegend von der klerikalen, gegen die in Mexiko ansässigen Fremden und ihr Eigenthum verübt wurden und jene mißlichen Konflikte mit europäischen Mächten herbeiführten, die zur gemeinsamen spanisch-englisch-französischen Invasion in Mexiko Veranlassung gaben. Diese Unternehmung ist dann bekanntlich das Vorspiel des bonapartisch-maximilianischen Kaiserschwindels geworden. Es steht aber unbestreitbar fest, daß dieser Schwindel schon vor der gemeinschaftlichen Expedition nach Mexiko in Paris und in Rom ausgeheckt und aufgepäppelt worden ist.

Derweil war der Bürgerkrieg zur vollständigen Niederlage der Rückwärtser ausgeschlagen. Im Dezember von 1860 stahl sich Miramon, die Taschen mit gestohlenem Gelde vollgestopft, aus dem Lande und nach Europa hinüber. Am Weihnachtstage zogen die Liberalen als Sieger in die Hauptstadt ein. Zu Neujahr verlegte dann der Präsident Juarez den Regierungssitz von Veracruz nach Mexiko, wurde vom Generalcongreß in seiner Würde bestätigt und auch von dem diplomatischen Korps als Staatsoberhaupt anerkannt. Sofort machte die Regierung Ernst mit der Verfassung von 1857 und mit der Einziehung der Kirchengüter. Die Mehrzahl der Klöster wurde aufgehoben, die Civilehe eingeführt und der Erzbischof von Mexiko, La Bastida, mußte mit noch vier andern Bischöfen, weil sie sich der neuen Ordnung der Dinge nicht fügen wollten, in die Verbannung wandern. Auch der päpstliche Nuntius und der spanische Gesandte Pacheko wurden als offenkundige und unverschämte Parteigänger der Klerikalen aus dem Lande gewiesen. Diese und andere Maßregeln und Verfügungen waren theils unbedingt löblich, theils wenigstens vom mexikanischen Standpunkt aus zu rechtfertigen. Allein die in Folge des Bürgerkrieges, welcher alle Verhältnisse nach innen und nach außen zerrüttet hatte, eingetretene öffentliche und privatliche Geldnoth ließ nun die Regierung des Juarez einen Mißgriff thun, welcher den Feinden Mexiko's einen willkommenen Vorwand zum Einschreiten gab. Dieser Mißgriff war das Dekret vom 17. Juli 1861, welches alle Verbindlichkeiten gegen das Ausland auf die Dauer von zwei Jahren suspendirte.

Frankreich, Spanien und England gaben auf dieses Dekret die Konvention vom 31. Oktober zur Antwort, kraft welcher Uebereinkunft die drei Mächte zu einem gemeinsamen Handeln sich verbanden, das den wirklichen (oder auch nur vorgeblichen) Ansprüchen ihrer Angehörigen an die mexikanische Staatskasse oder an mexikanische Privaten Genugthuung verschaffen sollte, — Ansprüchen, welche angeblich die Gesammtsumme von 116 Millionen Pesos (1 Peso = 1 Dollar, also 5 Frcs. 35 Cts.) erreichten.

Der große Sturm gegen die Existenz der Republik Mexiko war also im Anzuge. Durfte man von dem Staatsoberhaupt erwarten, daß es diesem Sturme die Stirne bieten würde?

4.

Benito Juarez.

Die nüchterne Anschauung und Untersuchung vermag in dem Indianer aus dem Stamme der Zapoteken, welcher in verhängnißvoller Zeit an die Spitze der Republik Mexiko berufen wurde, keinen außerordentlichen Mann zu erkennen, d. h. nicht einen jener Träger des Genius, welche einer Zeit und Welt das Gepräge ihres Geistes und Willens aufdrücken oder wenigstens aufzudrücken scheinen, da sie ja im Grunde doch auch nur die höchste Ausprägung der Stimmung und Tendenz ihrer Zeit sind. Die zweite Hälfte des 19. Jahrhunderts ist ja überhaupt keine Periode der Genialitäten und man muß schon zufrieden sein, wenn Menschen und Dinge nicht gar zu weit unter das Niveau der

5*

Mittelmäßigkeit hinabsinken. Möglich auch, daß ein Mann von Genius seine Stelle weniger gut ausgefüllt hätte als der nichtgeniale, hausbackenverständige, praktisch anfassende Zapoteke, der mit seinem schlichten Verstand Eigenschaften verband, welche unter Umständen mehr werth sind als Genie: nämlich eine in Mexiko unberechenbar hochanzuschlagende Rechtlichkeit und Grundsätzlichkeit, ferner eine Entschlossenheit, Standhaftigkeit und Vaterlandsliebe, welche jede Probe bestanden haben. Hunderte von genialen Wetterfahnen, Windbeuteln und Feiglingen wären da schmählich unterlegen, wo Benito Juarez gesiegt hat.

Er ist in einem Weiler Namens San Pedro in der Sierra de Oaxaka geboren und hat in seinen Knaben- und Jünglingsjahren alle Mühsale und Kümmernisse der Armuth durchringen müssen, um sich die Möglichkeit der Bildung zu eröffnen. Für tüchtige Naturen ist so ein Ringen bekanntlich ein Stahlbad, worin sich der Charakter kräftigt, während untüchtige darin ertrinken. Benito studirte die Rechtswissenschaft und wurde nach beendigtem Studium Lehrer derselben am Kollegium der Stadt Oaxaka, welche seit der Erringung der Unabhängigkeit des Landes stets eine Hauptburg des Republikanismus gewesen ist. Juarez selber war von Jugend auf ein in der Wolle gefärbter Republikaner. Neben seinem Lehramt betrieb er auch die Advokatur, deren Handhabung ihm weitum den Ruf eines makellos ehrlichen und redlichen Mannes verschaffte. Auf diesen Ruf gründete sich seine Erwählung zum Gouverneur des Staates Oaxaka und nie wurde, selbst dem Zeugnisse der Feinde des Mannes zufolge, dieses Amt besser verwaltet. Die große Achtung, die er sich zu erwerben wußte, wird auch bestätigt durch den Umstand, daß ihm eine jener alten Kreolenfamilien, welche sonst die Beimischung von indianischem Blute streng und stolz vermeiden, die Familie Mazo, ihre Tochter Margarita zur Frau gab.

Was Juarez als Gouverneur von Oaxaka durch Besserung der Rechtspflege, Hebung der Finanzen, Abstellung von Mißbräuchen des Beam-

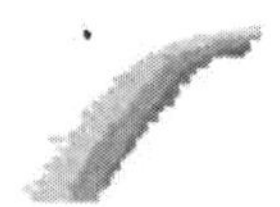

tenschlendrians, Förderung des Gewerbefleißes, Schaffung und Mehrung der Verkehrsmittel für seine heimische Provinz that, trug seinen Ruf über die Gränzen derselben hinaus, so daß die liberale Partei Mexiko's in ihm bald einen ihrer geehrtesten, ja geradezu ihren verläßlichsten Führer anerkannte. Durch unmittelbare Volkswahl, wie die Verfassung sie vorschrieb, ist er zur Zeit, als die Präsidentschaft dem Kommonfort zufiel, zum Vorsitzer des höchsten Nationalgerichtshofs bestellt worden. Kommonfort ernannte ihn sodann zum Justizminister, als welcher er den staatsstreichlerischen Gelüsten und Anläufen des Präsidenten entschieden und nachdrucksam entgegentrat, als Rechtsmann, einsichtiger Patriot und redlicher Staatsdiener stetsfort den Satz behauptend, daß Mexiko aus dem unseligen Wirrwarr ewiger Umwälzungen endlich einmal herausgerissen, von der Anarchie erlös't und auf die Bahn gesetzmäßiger Freiheit gebracht werden müsse.

Nach Kommonforts Fall erst provisorischer, dann (seit 1862) definitiver Präsident der Republik, hat der zapotekische Indianer mit dieser höchsten Würde die, wie es scheinen mußte, geradezu unerträgliche Bürde eines Krieges überkommen und übernommen, welcher über das Sein oder Nichtsein des Landes entscheiden sollte, den Krieg gegen die Armeen und Flotten Frankreichs, den Krieg auch zugleich gegen die mit den fremden Eindringlingen landesverrätherisch verbündete Pfaffen- und Rückwärtser-Partei.

Eine ungeheure Aufgabe! Der Zapoteke hat sie gelös't; nicht allein, aber doch als erster Vormann. Als solcher und als echter und rechter Prinzipmann auf dem Felsgrund seiner unerschütterlichen Ueberzeugung stehend, hat er sich von dem Lug- und Trugspiel des Kaiserschwindels keinen Augenblick blenden oder täuschen lassen, hat auch im äußersten Mißgeschicke die Hoffnung, daß das gute Recht Mexiko's, dessen gesetzmäßiger Stabhalter er war, schließlich doch zu Ehren kommen und die republikanische Losung „Libertad y Independencia" triumphiren werde.

Dieser Triumph der guten Sache über ein

ruchloses Attentat ist zu einem guten Theile der Triumph des schlichten Indianers aus der Sierra de Oaxaka, welcher mit der richtigen Einsicht in die Lage und die Bedürfnisse seines Landes, mit der unwankbaren Entschlossenheit und zähen Ausdauer, welche ihn als Staatsoberhaupt kennzeichneten, in seinem persönlichen Auftreten und Gebaren ruhige Würde, lebhaftes und feines Gefühl und eine außerordentliche Sanftmuth und Milde zu paaren wußte.

Alles in allem: — Benito Juarez ist die bedeutendste geschichtliche Gestalt, welche innerhalb des Kreises europäischer Civilisation bislang aus der indianischen Rasse hervorgegangen.

5.

Jecker und Kompagnie.

Wenn ein wissender Mann es einmal aufgegeben hat, Menschen und Dinge durch die Idealbrille zu betrachten, so gibt es für ihn nichts Belustigenderes als die Mund und Augen aufsperrende Verwunderung, womit ein naives Publikum vor der Weltgeschichtebühne sitzt und sich weismachen läßt, die aufgebauschte und aufgedonnerte Madame Histoire, welche da droben auf Moniteur-Kothurnen herumstelzt, sei die wirkliche und wahrhaftige Jungfrau Historia.

Verschafft euch Zutritt hinter den Kulissen, ihr lieben Leute! Da werdet ihr sehen, wie man das gemeine Gassenmensch von Lorette zur genannten Madame herausstaffirt, um Gimpel damit zu fangen und sie zur Subskription auf „mexikanische Anleihen“ zu verführen.

In Paris hat man bekanntlich die theatralische „Mache“ von jeher aus dem Fundament verstanden. Die Haupt- und Staatsaktion, betitelt „Mexikanische Expedition“ ist aber nicht nur mit dieser gewohnten Geschicklichkeit arrangirt und inscenisirt worden, sondern auch mit einem gewissen diabolisch-cynischen Hohn, als wäre es darauf angelegt, einmal so recht deutlich zu machen, was alles die dummen Teufel von Völkern sich bieten lassen.

Wie haben sich nicht die guten Franzosen mit dem Humbug: „La grande nation marschirt stets an der Spitze der Civilisation“ — humbugsiren und nasführen lassen! So sehr, daß die größere Hälfte der „großen Nation“ vor lauter an der Spitze der Civilisation Marschiren keine Zeit hatte, lesen und schreiben zu lernen und die fenster-, licht- und luftlosen Schweinekober, welchen noch jetzt Hunderttausende von bäuerlichen Behausungen in Frankreich auf's Haar gleichen, in Menschenwohnungen umzuwandeln. Der „Neffe des Onkels“ hat die Kitzelung der äffischen Eitelkeit der Franzosen bekanntlich zu einem Haupthilfsmittel seiner Despotie gemacht. In der Krim, in Italien, in China, in Kochinchina, überall ward an der Spitze der Civilisation marschirt, derweil man daheim Frankreich anderweitig glücklich machte.

Am theuersten ist das „an der Spitze der Civilisation Marschiren" in Mexiko den Franzosen zu stehen gekommen. Die Tausende und wieder Tausende von armen Soldaten, die Hunderte und wieder Hunderte von Millionen, welche die mexikanische Expedition gekostet hat, wer hat sie genau gezählt? Eine klare Rechnung wird vielleicht nie gestellt werden oder gestellt werden können. Aber was thut das? Frankreich ist ja, wie jedermann weiß, zu jeder Zeit und unter allen Umständen „reich genug, seinen Ruhm zu bezahlen", und jedes Volk hat bekanntlich d i e Regierung, welche es verdient.

Es ist sehr ergötzlich, die Schwulstoden und Bombasthymnen, welche der kaiserliche Moniteur und die gesammte bonapartische Presse über die Motive der Expedition nach Mexiko angestimmt haben, mit der nachstehenden Geschichte zusammenzuhalten.

Während seiner Gegenpräsidentschaft hatte der General Miramon mit einem gewissen Jecker, Schweizer von Geburt und später als Franzose naturalisirt, ein Geldgeschäft gemacht. Der Jecker streckte dem General die Summe von 7,452,140 Francs vor; davon aber nur 3,094,640 Fr. in barem Geld, die größere Hälfte in Werth-, beziehungsweise Unwerthpapieren. Hiefür erhielt Herr Jecker von dem Afterpräsidenten auf die Staatskasse der Republik Mexiko lautende Schuldbriefe im Betrag von — 15 Millionen Pesos (75 Millionen Francs in runder Summe). Diese gesammten Schuldverschreibungen — so setzte am 15. Juli von 1862 Lord Montagu im englischen Unterhause auseinander — verkaufte Jecker an den damaligen französischen Gesandten in Mexiko und dieser an andere Leute, bis sie zuletzt in den Händen des Herrn de Morny, des Halbbruders Napoleons des Dritten von mütterlicher Seite, sich befunden hätten. Lord Montagu deutete sogar sehr merkbar an, daß noch höher stehende Personen als Morny an dieser Jeckerei mitbetheiligt gewesen seien. Wie dem gewesen sein mag, genug, die französische Regierung verlangte von Mexiko die Rückzahlung des jeckerischen Anleihens und zwar im Betrage von 15 Millionen Pesos *). Der Präsident Juarez erklärte, daß, obgleich der ganze Handel ungesetzlich gewesen, die Republik um des Friedens willen bereit sei, die vom Jecker dem Miramon wirklich geliehene Summe anzuerkennen und zu erstatten, nicht aber die 15, d. h. 75 Schwindelmillionen.

Damit wäre aber den Leuten, welche dieses allerliebste Geschäft unternommen hatten, natürlich nicht gedient gewesen. Sie verlangten den Betrag

*) Depesche Sir Ch. Wyke's, englischen Gesandten in Mexiko, vom 19. Januar 1862 an den Grafen Russel. — Schreiben des Grafen Russel vom 3. März 1862 an den Grafen Cowley, englischen Gesandten in Paris. — Depesche Cowley's vom 5. März 1862 an Russel. — Graf Keratry, welcher sich um die Geschichte der mexikanischen Expedition schon früher die bedeutendsten Verdienste erwarb, hat dieselben noch gemehrt durch seine lichtvolle, gründliche, aktenmäßige Abhandlung „La créance Jecker, les indemnités françaises et les emprunts mexicains," gedruckt in den beiden Novemberheften der „Revue contemporaine von 1867".

ihrer „Bons" und Frankreich mußte schließlich auch diese „Gloire" bezahlen. Denn die Inhaber der miramon'schen Schuldbriefe sind in Folge der mexikanischen Expedition befriedigt worden und haben sich also in diesem Falle Schwindelmillionen in wirkliche verwandelt, was bekanntlich nicht so häufig zu geschehen pflegt wie das Umgekehrte.

Im Februar von 1863 kam die Jeckerei im Corps législatif zur Sprache. Diese Versammlung war nämlich seit 1857, wo 5 Republikaner in dieselbe gewählt worden, nicht mehr eine so ganz „stumme", wie es im Interesse des Bonapartismus zu wünschen gewesen wäre. Die kleine republikanische Opposition griff den ganzen Riesenhumbug des mexikanischen Unternehmens entschieden an und Jules Favre beleuchtete insbesondere das jeckerische Geschäft. Er äußerte, mit den Waffen Frankreichs habe man die 75 Millionen zurückgefordert, während man doch wissen mußte und zweifelsohne wußte, daß alle die Schuldverschreibungen, welche dieser Forderung zu Grunde lägen, auf ein schmähliches Wuchergeschäft basirt und zum vierten Theil ihres Nominalwerthes aufgekauft seien und zwar, wohlverstanden! noch bevor der Jecker als Franzose naturalisirt worden sei. Trotzdem habe man denselben als ein französisches Opfer mexikanischer Anarchie und Treulosigkeit hingestellt und seine Sache ohne Weiteres zur Sache Frankreichs gemacht. Die Herren von der Regierung würden wohl wissen, warum. Die Erwiderung des „Sprechministers“ Billault, eines Renegaten mit einer Stirne von Bronze, fiel ganz kläglich aus. Er schwatzte von der Leichtfertigkeit und Lebhaftigkeit der französischen Einbildungskraft, welche gar zu gerne an „skandalöse Insinuationen“ glaube, und sagte, es würde ihm leicht sein, das Gegentheil von allem zu beweisen, was Favre vorgebracht habe; allein er hütete sich wohl, diesen Beweis auch nur von ferne zu versuchen. Favre hatte eben einfach die Wahrheit gesagt.

Der finanzielle Theil des mexikanischen Handels entsprach überhaupt dem Charakter des Ganzen. Lug und Trug von A bis Z. Jedermann weiß, welche Mittel aufgeboten wurden, um die Franzosen zur Betheiligung an den „mexikanischen“ Anleihen

zu bewegen, die in Mexiko selbst nicht den allergeringsten Anklang gefunden haben. Was es mit dem angeblichen „Imperialismus“ der Mexikaner auf sich hatte, erhellte schreiend aus der Thatsache, daß von den Obligationen dieses zur Begründung der Monarchie in Mexiko kontrahirten Anleihens nicht eine einzige im Lande selber untergebracht werden konnte. Sogar von den mexikanischen Mitgliedern des Kaiserschwindelkomplotts hat nicht ein einziges sich herbeigelassen, auf die Anleihe zu subskribiren. Diese Herren wußten eben besser als die armen unwissenden Philister von kleinen Rentiers in Frankreich, welche Hoffnungen auf ein mexikanisches Kaiserthum zu setzen seien. Im Uebrigen sind von den 500 Millionen der sogenannten mexikanischen Anleihen nicht mehr als etliche 40 zur Zeit des Kaisertraums in die Staatskasse Mexiko's und 8 in die Tasche des Prinzen selbst geflossen, welcher, wie eine Depesche des nordamerikanischen Staatssekretärs Seward unhöflich sich ausdrückte, „vorgab, Kaiser von Mexiko zu sein“.

6.

Das Komplott.

Vom Jahre 1830 an hatten sich alle Plattköpfe und Schablonenpolitiker der Täuschung und Hoffnung hingegeben, der zweischlächtige Balg Konstitutionalismus müßte zu einem Riesen aufwachsen, welcher nach rechtshin dem Absolutismus und nach linkshin dem Demokratismus die Stange halten und mit dieser so zu sagen Balancirstange das tausendjährige Reich der richtigen Mitte und liberalen Mittelmäßigkeit herbeiwinken würde. Der Balg hat aber diesen Erwartungen seiner Säugammen und Wärterinnen, der französischen Doktrinäre und der deutschen Professoren, sehr schlecht entsprochen. Er ist nur zu einem „Wasserkopf“ und „Kilkropf“ ausgewachsen, zu einem armen Ding von „Fex“ oder „Löhl“, welcher mit hoher obrigkeitlicher Bewilligung in größeren und kleineren Schaubuden, so man „Kammern“ nennt, Grimassen schneiden und Kapriolen machen darf, damit das Völker-Publikum was zum Gaffen habe.

Das vielverschrieene und vielverfluchte Jahr 1849 verdient bei näherem Zusehen die ihm widerfahrene schlechte Behandlung gar nicht; denn es war ja unstreitig der Wendepunkt, von wo ab die Faxen und Flausen des konstitutionellen Fex mehr und mehr in ihrem wahren Wesen erkannt und nach ihrem wirklichen Werthe taxirt wurden. Es ist auch ein schätzenswerthes Verdienst der mit dem Jahre 1849 obenauf gekommenen Rückwärtserei, daß sie den kläglichen Grimassirer, Gestikulirer und Deklamirer recht brutal geschurigelt hat. Das trug zur allmälig anhebenden Klärung der politischen Anschauungen sehr viel bei, indem es allen, die überhaupt zu sehen vermochten und sehen wollten, deutlich zeigte, daß die Riesenhaftigkeit des mehrgenannten Balges Wind und Dunst und die vielbesungene Balancirstange nur ein ordinärer Stock sei, zu weiter nichts tauglich, als bei Gelegenheit seinen eigenen Träger damit durchzubläuen.

Seither ist der Prinzipienkampf auf die einfache Formel zurückgeführt: Entweder Absolutismus oder Demokratismus. Was zwischen diesen beiden Polen mitten inne liegt, ist nur werth, von denselben zerquetscht zu werden, und wird es auch.

Der Dezembermann von 1851 hat das klar erkannt, und da er als „Neffe des Onkels" selbstverständlich Absolutist sein wollte, so fand er, daß sein „Stern" ihm die Mission zugewiesen habe, dem absolutistischen Prinzip den Sieg über das demokratische zu verschaffen. Nicht etwa nur in Frankreich, nein, in ganz Europa, und nicht nur in Europa, sondern, wo möglich, auch in Amerika. Bei Erfüllung einer derartigen weltgeschichtlichen Mission sind aber, wie kaum gesagt zu werden braucht, die Bedenken und Skrupel der kleinbürgerlichen Moral durchaus unzulässig. Was ist überhaupt die Moral? Ein relativer Begriff, ein blankes Ding, welches eben nur deßhalb stets so blank aussieht, weil es in der Welt von jeher sehr wenig gebraucht wurde. Ueberdies hat die „Staatsraison" bekanntlich zu allen Zeiten den Satz geheiligt und bethätigt, daß der „Popanz der Sittlichkeit" nur für die „Roture" und für die „Kanaille" da sei. Sich von demselben verunbequemen oder gar schrecken zu lassen, zeigt klärlich eine „inferiore" Natur an. Die „superioren" stehen über dem Gesetz. Natürlich braucht in „Thronreden", „Rundschreiben", „offenen Briefen" und dergleichen Schaustücken für den gaffenden Pöbel mehr von dieser Thatsache nicht gerade die Rede zu sein. Die Welt will ja die Wahrheit nicht wissen, warum sie also damit behelligen?

Der schlaue Rechner, welcher aus dem verwickelten Rechenexempel der Februarrevolution so viele Millionen Stimmen zu seinen Gunsten herauszurechnen gewußt hatte, fing unmittelbar nach dem italischen Feldzug von 1859 an, das mexikanische Rechenexempel zu „studiren". Es that sich ja da drüben im Lande Montezuma's ein so einladend weites Gebiet auf, allwo die französische Gloire ihren Rosinante nach Herzenslust herumtummeln konnte, um ob solcher Tummelei zu vergessen, wo und, ach, w i e daheim die Schuhe sie drückten. Als dann vollends der mit 1860 ausbrechende Rebellenkrieg der südstaatlichen Sklavenbarone gegen die Union ganz neue und ungeheuer günstige Ziffern in das mexikanische Rechenexempel hineinstellte, da wurde die Beschäftigung damit eine sehr eifrige, eine fast leidenschaftliche. Wie vor Zeiten Katharina die Zweite von ihrem „polnischen Projekt“ und von ihrem „türkischen Projekt“ gesprochen hatte, so sprach Napoleon der Dritte jetzt von seiner „großen Idee“, welche Mexiko hieß. Das Ding sah freilich sehr abenteuerlich aus, aber nur um so reizender, wenigstens für den „Abenteurer von Bologna, Straßburg und Boulogne“, über dessen „Abenteuerlichkeit“ man so viel gelacht hatte, bis er zuletzt die Lacher auslachen konnte und mit Cayennepfeffer überstreuen, daß ihnen die Augen überliefen.

Zu Anfang des Jahres 1861 waren in Paris die mexikanischen Emigranten, der weiland Afterpräsident Miramon, der Erzbischof La Bastida —

bei jedem weltgeschichtlichen Lug- und Trugspiel ist ein Pfaffe als Hauptmantscher thätig — der General Almonte (seine indianische Mutter hatte ihn dem Pfarrer Morales auf einem Berge, al monte, geboren, daher der Name), und die Herren Hidalgo, Lopez und Gutierrez d'Estrada mit brennendem Eifer am Werke, den Ballon des Kaiserschwindels zusammenzuplätzen und mit dem blauen Lügendunst zu füllen, die überwiegende Mehrzahl der Bevölkerung von Mexiko sei monarchisch gesinnt und mit Sehnsucht der Aufrichtung eines Thrones gewärtig. Im gleichen Sinne, wie in den Tuilerien, wurde auch im Vatikan gemunkelt und gemantscht. An letzterem Ort insbesondere zu dem Zwecke, im Feuer pfäffischer Intrike die geistlichen Blitze zu glühen, womit der Papst — so log man ihm vor — die nicht genug zu vermaledeienden Liberalen, Ketzer und Freimaurer da drüben in Mexiko zermalmen müßte und würde. Der gute Pius versprach von Herzen, alle seine freie Zeit, welche die schwere Arbeit am „Syllabus" und die Heiligsprechungen von ketzerschmorenden Arbuessen ihm übrig ließen, auf das große Werk der Wiederaufrichtung von Thron und Altar in Anahuak zu verwenden.

Die französische Regierung, in welcher „spanische Sympathieen obenauf waren (dans le sein duquel prévalaient des sympathies espagnoles*)“, ließ, vorerst noch im Geheimen, der wühlenden, lügenden, ränkelnden mexikanischen Emigration ihre Ermuthigung, Unterstützung und Förderung angedeihen. Sie und der Papst brachten die mexikanischen Verschwörer und Vaterlandsverräther auch mit dem Erzherzog Maximilian und seiner Frau in persönliche Beziehungen.

Aber was hat es doch mit den am französischen Hofe vorherrschenden „spanischen Sympathieen“ für eine Bewandtniß? Je nun, das war „durch die Blume“ gesprochen, wie man eben in dem glücklichen Frankreich des zweiten Empire nicht selten zu sprechen sich veranlaßt sah. Die Sache ist diese, daß eine Dame von spanischer Herkunft in den Tuilerien einen sehr breiten Raum einnahm, wel-

*) Kératry, p. 9.

chen sie ja wohl schon als Erfinderin der Krinoline ansprechen durfte und mußte. Diese Dame hat von Anfang an alle ihre zehn niedlichen Finger in dem mexikanischen Handel gehabt und die Expedition nach dorthinüber als einen Kreuzzug zu Ehren des alleinseligmachenden Glaubens nach Kräften gefördert. Zu diesen „spanischen Sympathieen" kamen die Machenschaften von Jecker und Kompagnie. 75 Millionen sind selbst in unserer Zeit des Milliardenschwindels keine zu verachtende Bagatelle. Die Theilhaber am Geschäfte der Jeckerei wollten ihr „Benefice" haben.

Bei dem „weitausschauenden und fernhintreffenden" Blick, welchen man Napoleon dem Dritten nachrühmt, steht mit Bestimmtheit zu erwarten, daß der Kaiser, sowie er die mexikanische Frage zu „studiren" angefangen hatte, darin eine hochwillkommene Aufforderung sah, dem Winken seines Sterns zu folgen und seine Mission, die Demokratie mit der Wurzel auszurotten, in Erfüllung zu bringen. Im Vorschritt des nordamerikanischen Bürgerkriegs reifte seine „große Idee" mehr und mehr zu fester Entschließung heran. Die Rebellion der Sklavenjunker gegen die große Republik jenseits des Ozeans mußte nothwendigerweise seine Sympathie im höchsten Grade erregen, wie sie ja auch die herzliche Theilnahme und Parteinahme der englischen Hierarchie und Aristokratie und aller festländischen Pfaffen und Junker erregte. Wie die englischen Hochkirchler, Oligarchen und Spekulanten in schamlosester Weise die Sache der rebellischen Sklavenzüchter unterstützten, ist bekannt. Napoleon der Dritte faßte und behandelte aber die Sache in viel größerem Stil. Er kombinirte die südwestliche Empörung gegen die Union mit dem mexikanischen Handel und zog aus den Prämissen dieser Thatsachen die Schlußfolgerung, daß hier eine herrliche Gelegenheit gegeben sei, den Gedanken der Demokratie da, wo er in der modernen Zeit zuerst zu einer großartigen Wirklichkeit geworden war und wo er seinen festesten Rückhalt hatte, mit einem geschickt geführten Stoße tödtlich in's Herz zu treffen.

Sehr begreiflich, daß diese Idee dem Kaiser

der Franzosen so groß erschien, daß er sie, wie schon gemeldet, seine „große“ par excellence nannte.

In Wahrheit, das Ding war verführerisch, sehr verführerisch. In Amerika festen Fuß fassen, den Franzosen eine neue tüchtige Dosis von Gloire-Opiat eingeben, in Mexiko einen Thron aufrichten und auf demselben vorderhand einen Vasallen Frankreichs installiren, von Mexiko aus den ohne Zweifel siegreichen südstaatlichen Rebellen die Hand reichen, mit ihrer Hilfe die Union sprengen, die einzelnen Theile derselben monarchisiren und zu einer Reihe französischer Lehnsstaaten zu gestalten, dadurch die Nichtigkeit der Demokratie ad oculos demonstriren und also den Cäsarismus auch jenseits des Weltmeers triumphiren machen — welch' ein Traum! Schade nur, daß solche Herrscherträume den Völkern so unermeßlich viel Schweiß, Blut und Thränen kosten. Aber wer wird auch die Weltgeschichte von so kleinbürgerlich-sentimentalem Standpunkte aus ansehen? Wozu wären die Völker überhaupt da, wenn sie die Träume ihrer Herren nicht bezahlen sollten und wollten?

Träumen und Träume verwirklichen ist jedoch zweierlei, sehr zweierlei.

Zuvörderst freilich blinkte und winkte der Stern des Bonapartismus sehr hoffnungs- und verheißungsvoll. Das Komplott gegen Mexiko, von allerhöchsten, allerschönsten und allerheiligsten Händen gehätschelt, gefüttert und in Gang gesetzt, marschirte prächtig. Die ersten, in's Jahr 1860 zurückreichenden Anspinnungen mit dem Erzherzog Maximilian wurden im Laufe des Jahres 1861 schon zu festeren Fäden gedreht. Kuriere dampften, Telegramme flogen zwischen Paris, Wien, Rom und dem hoch auf der Punta Griguana gelegenen Miramare hin und her.

Zu Ende des letztgenannten Jahres, also gerade zur Zeit, wo die kraft des Vertrags vom 31. Oktober zwischen Frankreich, Spanien und England beschlossene Schuldforderungsexpedition nach Mexiko zur Ausführung kommen sollte, gab der Erzherzog eine vorläufige Erklärung ab, daß er die

Kaiserkrone von Mexiko, welche ihm Gutierrez d'Estrada im Namen seiner Mitverschworenen, d. h. im Auftrage Napoleons des Dritten angeboten hatte, annehme; aber nur „unter der Bedingung, daß Frankreich und England ihn mit ihrer moralischen und materiellen Garantie zu Lande und zu Wasser unterstützten".

Dieses in spanischer Sprache geschriebene und an Gutierrez d'Estrada gerichtete Aktenstück wurde, ohne allen Zweifel mit Vorwissen und Bewilligung des französischen Hofes, von Paris aus nach Mexiko geschickt und zwar an einen ehemaligen Minister Santa-Anna's, Don Aguilar, welcher in engster Verbindung mit dem General Marquez schon seit zehn Monaten daran gearbeitet hatte, dem Komplott auch in Mexiko auf die Beine zu helfen und, wie Marquez am 18. Januar von 1861 seinem Mitverschworenen geschrieben hatte, „die politische, soziale und militärische Reaktion zu organisiren".

Die französische Regierung hielt das Komplott und den aus demselben resultirenden eigentlichen

Zweck der vorbereiteten Expedition nach Mexiko vor der englischen geheim, bis der Umstand, daß Maximilian auch den moralischen und materiellen Schutz Englands zur Bedingung seines Eingehens auf den Kaiserschwindel machte, Napoleon und seinen Minister Thouvenel nöthigte, in London wenigstens einige unbestimmte Andeutungen über das, was im Werke sei, geben zu lassen. Allein das englische Ministerium machte schon zu diesen unbestimmten Andeutungen eine so üble Miene, daß man es in Paris bereute, auch nur soweit sich herausgelassen zu haben. Der englische Gesandte am französischen Hofe, Lord Cowley, schrieb am 2. Mai 1862 an den Chef des auswärtigen Amtes, Earl Russel, er habe den Minister Thouvenel mehrmals dieser Sache wegen interpellirt und derselbe habe ihm die kategorische Versicherung gegeben: „Es wird dem mexikanischen Volke keine Regierung aufgedrungen werden (aucun gouvernement ne sera imposé au peuple mexicain)“. Lord Cowley gab sich aber damit noch nicht zufrieden. Es war ihm ein Geraune von der Kaiserschaftskandidatur des Erzherzogs Maximilian zu Ohren gekommen und er richtete an Monsieur Thouvenel die Frage, ob hierüber etwa zwischen Frankreich und Oestreich unterhandelt würde. Der Minister Napoleons verneinte das mit Bestimmtheit und erklärte, nur Mexikaner hätten Unterhandlungen mit dem Erzherzog angeknüpft.

Bei jedem Schritte, den man in diesem Trugspiel vorwärts thut, stolpert man über offizielle Lügen.

7.

Die Krone gemacht und gebracht.

England war mißtrauisch geworden und ging den Vertrag vom 31. Oktober nur mit Vorbehalten ein, wünschte auch, daß die Vereinigten Staaten von Nordamerika, die ja ebenfalls Forderungen in und an Mexiko hatten, zum Beitritt eingeladen würden. Diese Einladung erging dann wirklich, wurde aber in Washington abgelehnt und in seinem vom 4. Dezember 1861 datirten Ablehnungsschreiben betonte es Seward, daß zwar die Union den drei verbündeten Mächten das Recht, Mexiko zu bekriegen, um den Beschwerden ihrer Angehörigen Abhilfe zu verschaffen, nicht bestreiten wolle, jedoch mit Bestimmtheit erwarte, daß den Mexikanern, gegen welche, als gegen ein benachbartes und republikanisch regiertes Volk die Vereinigten Staaten freundschaftliche Gesinnungen hegten, in Betreff der Form ihrer Staatsverfassung durchaus kein Zwang angethan werde.

Das war ein erstes, entferntes, aber doch verständliches Drohmurren des Brother Jonathan. In London und sogar in Madrid verstand man dieses Drohmurren gar wohl, während man sich in Paris hochmüthig den Anschein gab, es gar nicht zu hören, und im Stillen dabei dachte: Wartet nur, vermaledeite Yankees, unsere lieben Freunde, die Sklavenbarone der Südstaaten, werden euch den Kopf schon zurechtsetzen!

Da man mit der Wahrheit bekanntlich nicht sehr weit kommt in dieser Welt, so that Frankreich so, als wäre es von ganzem Herzen damit einverstanden, daß auf Englands Betreiben in den Oktobervertrag die ausdrückliche Erklärung aufgenommen wurde, die „kontrahirenden Mächte würden in keiner Weise in Mexiko eine Gebietserwerbung oder sonst irgend einen besonderen Vortheil suchen, noch auch auf die inneren Angelegenheiten des

Landes einen Einfluß ausüben wollen, welcher das mexikanische Volk in der freien Wahl seiner Verfassung und Regierung irgendwie beschränkte."

Zu Anfang des Jahres 1862 waren die Geschwader der drei verbündeten Mächte auf der Rhede von Veracruz vereinigt und war die Stadt selber, nachdem die Mexikaner dieselbe geräumt hatten, in den Händen ihrer an's Land gesetzten Truppen. Die Engländer hatten, wie um von vorneherein gegen eine Expedition weiter landeinwärts zu protestiren, nur Marinesoldaten gelandet. Die Spanier waren in der Stärke von 7000 Mann an's Land gegangen. Die Franzosen zunächst mit nur 3000 Mann, welche aber durch Nachschübe so verstärkt wurden, daß ihre Verbündeten dadurch stutzig gemacht und zu dem Argwohn veranlaßt wurden, Napoleon der Dritte müßte neben dem gemeinsamen Unternehmen noch seine besonderen Zwecke verfolgen. Das hieß die Wahrheit errathen, die Wahrheit, welche ein wissender Mann, ein französischer Soldat, der Graf Kératry, also formulirt hat: „La défense de nos nationaux,

le désir de venger les outrages subis par eux, outrages dont il faut en justice accuser plûtot tout le Mexique que Juarez, tout cela n'était qu'un prétexte relégué d'avance au second plan de l'entreprise. Mais on l'invoquait pour débarquer des troupes sur le territoire de la république et y prendre pied, jusqu'au jour où le gouvernement français pourrait inaugurer librement sa politique dans le Nouveau-Monde.“

Auf die halberrathenen Geheimpläne der Franzosen blickten übrigens die Spanier fast mit noch größerem Argwohn als die Engländer, was sich leicht aus der Thatsache erklärt, daß auch sie, die Spanier, Absichten verfolgten, welche mit dem offiziellen Programm der Expedition keineswegs im Einklange standen. Am Hofe zu Madrid träumte man nämlich ebenfalls, wenn auch nicht ganz so ausschweifendkühn wie am Hofe zu Paris. Ja, man träumte dort von der Möglichkeit, die spanische Herrschaft in Mexiko wieder herzustellen, und insbesondere hatte der an die Spitze des spanischen Expeditionskorps gestellte General Prim diesen spanischen Hoftraum genährt in der sehr lebhaften Hoffnung, es könnte bei dieser Gelegenheit für ihn selber ein mexikanisches Vicekönigthum, ja vielleicht sogar ein unabhängiges mexikanisches Königthum mit abfallen. Als aber der Herr Graf von Reus herausgewittert hatte, womit die Franzosen umgingen, sah er ein, daß die Halb- oder Ganzkrone Mexiko's für ihn zu hoch hinge, und bestimmte dann in seinem Aerger den madrider Hof, die spanische Expedition schleunig zurückzuziehen.

Zunächst gaben die Engländer und die Spanier ihren Verbündeten deutlich zu merken, daß sie die erwähnte Klausel im Oktobervertrag eingehalten wissen wollten, indem sie darauf bestanden und es durchsetzten, daß dem weiland Afterpräsidenten Miramon und seinem Mitgesellen, dem Pater Miranda, die Landung in Veracruz untersagt wurde. Die Miramon, Miranda, Almonte, Bastida und Mitkomplottirer mußten also vorerst noch zuwarten, bis die französische Politik mehr und mehr sich entschleierte. Dann durfte diese Rotte von Dunklern, Dieben und Verräthern ins Land zurückkehren, um

7*

unter dem Schutze der Fahne des kaiserlichen Frankreichs alle Gräuel des Bürgerkriegs wieder in Gang zu bringen.

Zunächst und bevor es soweit kam, wurde den Franzosen der Vorwand entzogen, welcher sie angeblich nach Mexiko geführt hatte. Denn die mexikanische Regierung that ihre Bereitwilligkeit dar, den gegründeten Beschwerden und Forderungen der Verbündeten gerecht zu werden.

Der General Prim, als nomineller Oberbefehlshaber der gesammten Expedition, hatte mit Doblado, dem Minister des Präsidenten Juarez, am 19. Februar eine Zusammenkunft in dem zwischen Veracruz und Orizaba gelegenen Dorfe La Soledad. Hier wurde die Präliminarkonvention von La Soledad vereinbart. Dieselbe bestimmte, daß am 15. April in Orizaba Konferenzen über die streitigen Punkte zwischen Kommissären der Verbündeten und Bevollmächtigten des Präsidenten Juarez eröffnet werden sollten. Während der Dauer dieser Verhandlungen sollte es den Truppen der Alliirten, um aus der ungesunden „Tierra

caliente", wo sie vom Vomito decimirt wurden, wegzukommen, gestattet sein, Orizaba, Kordoba und Tehuakan zu besetzen. Juarez ratifizirte diese Konvention, der Graf Reus, der englische Kommodore Dunlop und der französische Admiral Jurien de la Gravière — er war nicht mit in dem Geheimniß seiner Regierung — thaten ebenso. Doblado erhielt vom mexikanischen Kongresse unbeschränkte Vollmacht, mit den Verbündeten zu unterhandeln, und seine Abmachungen sollten nur der Sanktion des Präsidenten bedürfen.

Daraufhin setzten sich die Franzosen nach Tehuakan, die Spanier nach Kordoba und Orizaba in Marsch, die wenigen Engländer aber, welche an's Land gesetzt worden, schifften sich schon jetzt wieder ein.

Der Weg einer friedlichen Ausgleichung schien also betreten; allein bald wurde es klar, wer diesen Weg nicht wollte. Schon am 9. April kam es in Orizaba zwischen den Kommissären der drei Mächte zu Erörterungen, welche die schlechtgenähte Allianz aus den Nähten gehen machten. Der französische

Kommissär, Monsieur Dubois de Saligny, ein intimer Freund Almonte's und durch diesen in engster Verbindung mit der mexikanischen Pfaffenpartei, erklärte im Namen seines Kaisers, die Konvention von La Soledad sei unverträglich mit der Würde Frankreichs; ferner, die französische Regierung wolle nicht mehr mit dem Präsidenten Juarez unterhandeln, und endlich, der Marsch der Truppen nach der Hauptstadt sei unerläßlich zum Schutze der französischen Interessen.

Bedurfte diese von Seiten des vertrauten Trägers der Politik Napoleons des Dritten abgegebene Erklärung noch einer Illustration, so ward eine solche in wenigen Tagen geliefert, indem Almonte in Orizaba erschien, unter dem Schutze des Herrn Dubois de Saligny als „Präsident" der Republik Mexiko sich proklamirte und eine „Regierung" organisirte.

Die Engländer und Spanier merkten jetzt, wie sehr sie gehumbugsirt worden seien, und machten, daß sie aus Mexiko hinauskamen. Der geäffte Prim, dem der Kaiser der Franzosen allerlei chimärische

Hoffnungen vorgegaukelt haben sollte, konnte sich nicht enthalten, seinem Verdruß in einem Briefe an Napoleon dadurch Luft zu machen, daß er ihm sagte, die Hoffnungen und Absichten desselben in Beziehung auf Mexiko seien auch nur Chimären. Denn er schrieb: „Die höheren Klassen und konservativen Interessen, auf die man sich etwa stützen könnte, üben hier auf die Massen keinen Einfluß mehr aus. Vierzig Jahre republikanischer Regierung, die trotz der Anarchie und der aus derselben hervorgegangenen Uebel zurückgelegt sind, haben auf diesem Boden demokratisch-republikanische Sitten und Gewöhnungen bis in die Sprache hinein ausschließlich festwurzeln lassen. Die Mexikaner werden darum keinen von Frankreich ihnen aufgezwungenen Monarchen annehmen.“ Eine ähnliche Anschauung hatte während seines Aufenthalts in Mexiko der englische Kommodore Dunlop gewonnen. Er berichtete an seine Regierung: „Ich bin der Ueberzeugung, daß von allen Parteien hier zu Lande einzig und allein die klerikale der Monarchie zugeneigt ist und zwar durchweg nur deßhalb, weil die

Monarchie ihr als das einzige Mittel erscheint, wieder Einfluß zu gewinnen. Zur klerikalen Partei gehört alles im Lande, was bigot und fanatisch ist; sie ist rückwärtsig in der Politik und stemmt sich gegen den Geist der Zeit; endlich ist sie der Mehrheit des Volkes verhaßt, maßen diese Mehrheit einer freisinnigen Politik huldigt." Graf Russel hat die Summe seiner in Mexiko eingeholten Erkundigungen im Oberhause so gezogen: „In den großen Städten gibt es unter den reicheren Klassen etliche Personen welche für die Monarchie gestimmt sind; die Mittelklassen jedoch hängen der Republik fest an."

Am 2. Mai verließen die letzten Spanier Veracruz. Die letzten Engländer waren schon früher weg. Die Franzosen blieben demnach allein zurück und konnten, ihrer Verbündeten entledigt, jetzt wieder einmal nach Herzenslust „an der Spitze der Civilisation marschiren".

Diesen Civilisationsmarsch in seinen kriegsgeschichtlichen Einzelheiten zu verfolgen, ist weder Aufgabe noch Absicht des vorliegenden Essay, dessen Verfasser die breite und wohlgefällige Behandlung der Kriegsgeschichte überhaupt als eine Barbarei verabscheut. Für seinen Zweck reicht es aus, die entscheidenden Akte auf dem Kriegstheater anzudeuten . . . .

Napoleon der Dritte hatte die Konvention von La Soledad verworfen, weil er keinen Frieden mit der Republik Mexiko wollte, sondern den Krieg. Er fühlte sich ja doppelt gebunden: erstens an seine „große“ Idee und zweitens durch die Abmachungen mit dem Erzherzog Maximilian. Während aber, wie wir sahen, jenseits des Ozeans schon im April von 1862 zu Orizaba die französische Politik ihre bis dahin vorgesteckte Maske abthat, wurde diese in Europa noch immer beibehalten. Noch im Sommer des genannten Jahres mußten die Minister Billault und Rouher im Korps législatif die bestimmten Versicherungen abgeben, nur die Schirmung der französischen Interessen habe die Eröffnung des Krieges gegen Juarez hervorgerufen und von Gründung einer Monarchie in Mexiko, sowie von einer Kandidatur Maximilians sei gar keine Rede. Billault fügte noch mit Betonung hinzu, „man werde es den Mexikanern durchaus überlassen, die Form ihrer Regierung zu bestimmen." Wozu wären denn die Lügen da, als um gelogen zu werden?

Aber Napoleon der Dritte hatte in dem mexikanischen Rechenexempel von Anfang an eine kleine Ziffer übersehen oder mißachtet, welche bald als eine große sich herausstellte: den schlichten Zapoteken, der auf dem Präsidentenstuhl von Mexiko saß. Wem konnte es auch einfallen, so einem „Kerl von Rothhaut" irgendwelche Bedeutung beizulegen? Wer konnte sich träumen lassen, daß dieser Mensch es wagen würde, Sr. kaiserlichen Majestät von Frankreich, vor welcher die europäische Gesellschaft bis zu ihren höchsten Spitzen hinauf seit Jahren wie Rohr vor dem Winde sich beugte, zu widerstehen, zu widerstehen bis auf's Aeußerste, allen Gefahren trotzend, alle Lockungen verachtend?

In Wahrheit, Benito Juarez hat in einer Zeit, welche in niederträchtiger Erfolganbetung alle vorhergegangenen überbolt, ein großes Beispiel gegeben. Er hat gezeigt, was ein redlicher Mann

schon dadurch zu bedeuten habe und zu leisten ver-
möge, daß er unwankbar den Schaft der Prinzip-
und Rechtsfahne festhält, ob nun diese Fahne siegreich
vorwärts getragen oder geschlagen unter tausend
Fluchtnöthen vor den Griffen der Feinde gerettet
werde.

Juarez durchschaute ohne Zweifel von Anfang
[illegible]en wahren Sinn und die wirkliche Absicht der
[illegible]ösischen Expedition nach Mexiko. Er errieth,
[illegible]ie Machenschaften der Almonte, Hidalgo,
[illegible]ez, La Bastida und Mitverräther in Paris
[illegible]m bezweckten. Alle diese Menschen waren
[illegible] „fromm" und konnte man also folgerichtig
[illegible]limmsten von ihnen gewärtig sein. Der
[illegible]e ließ sich durch keine offizielle und offiziöse
[illegible]remachen. Er wußte, was Mexiko von dem
[illegible]bermanne zu erwarten habe: — die Vernich-
[illegible] der Republik und die Errichtung eines französi-
[illegible] Vasallenthrons auf den Trümmern derselben.
Er aber faßte den Entschluß, unter allen Umständen
seine Pflicht und Schuldigkeit als oberster Hüter
der Republik zu thun, und so that er.

Auch anderwärts ließ man sich durch die der französischen Expedition nach Mexiko vorangestellten Vorwände über den eigentlichen Zweck derselben nicht täuschen: — im Weißen Hause zu Washington. Es ist aktenmäßig erwiesen, daß Abraham Linkoln und seine Minister inmitten der Bedrängnisse des großen Bürgerkriegs dennoch sorgliche und theilnahmsvolle Blicke nach Mexiko hinüberrichteten. Sie fühlten, sie wußten ja, daß dort die Republik im Prinzip bedroht sei. Sie waren auch entschlossen, die Errichtung einer Monarchie in Mexiko nie und nimmer anzuerkennen; aber sie mußten vorderhand ihrer Zeit harren. Ueberzeugt, diese würde kommen, beschränkten sie sich auch jetzt schon keineswegs auf sympathisches Zusehen. Beweis hiefür, daß der „alte Abe" an Juarez schrieb: „Wir befinden uns nicht in offenem Kriege mit Frankreich; aber rechnen Sie auf Geld, auf Geschütze und auf Freiwillige, deren Absendung wir begünstigen werden". Und er hielt Wort; denn der arme Abraham Linkoln gehörte eben auch zu den altfränkisch-ehrlichen Leuten, welche nicht realpolitisch genug sind, um zu begreifen, daß die Worte nur da sind, um Lug- und Trugstricke daraus zu drehen.

Ungeachtet dieser Unterstützung von Seiten der Union — welche Unterstützung noch dazu erst dann ausgiebiger wurde, als die Sache der südstaatlichen Sklavenbarone allmälig dem Untergange sich zuneigte — war die Aufgabe des Präsidenten von Mexiko eine so ungeheure, daß sie wohl auch einen wackern und muthigen Mann an ihrer Durchführung verzweifeln machen konnte. Denn es bestand ja diese Aufgabe in nichts Geringerem als der Macht Frankreichs und zugleich der mit dieser Macht verbundenen einheimischen Pfaffen- und Rückwärtserpartei zu widerstehen und zwar zu widerstehen an Spitze eines Staatswesens, welches so eben nur erst versucht hatte, aus dem Elend einer vierzigjährigen Anarchie heraus den ersten Schritt auf den festen Boden einer zeitgemäßen Verfassung und einer aufgeklärten und redlichen Verwaltung zu thun. Juarez verzweifelte nicht, wie denn ein Prinzipmann nie zu verzweifeln braucht; denn er kann wohl untergehen, aber nie entehrt werden.

Und das Glück hatte der standhafte Präsident, Mitpatrioten und Mitstreiter zu finden, die mit ihm unerschütterlich aushielten in dem großen Kampfe für die Freiheit und Selbstständigkeit ihres Landes. In erster Linie stand da neben Juarez der General Porfirio Diaz, ein Indianer wie er, ein Gentleman von hoher kriegerischer Begabung, kühnster Tapferkeit und glühendster Vaterlandsliebe, ein Mann, auf welchen in jeder Beziehung das Eigenschaftswort „ritterlich" anzuwenden wäre, so es nicht durch schnöden Mißbrauch längst seine ursprünglich-edle Bedeutung ganz verloren hätte.

Während Juarez und seine Generale, unter welchen in den Anfängen des Krieges Zaragoza die vortretende Rolle innehatte, die Mittel des Widerstandes rüsteten, befahl der Kaiser der Franzosen, beträchtliche Verstärkungen nach Mexiko zu senden, und ernannte den General Forey, einen der „Helden" des 2. Dezembers, zum Oberbefehlshaber des mexikanischen Unternehmens. An diesen schrieb er unterm 3. Juli 1862 im Schlosse Fontaineblean jenen, unstreitig zum großen Verdrusse seines Verfassers bekannt und berüchtigt gewordenen Brief, welcher, im schroffsten Gegensatze zu den Erklärungen der kaiserlichen Regierung in den Kammern, in offiziellen Aktenstücken und in der Presse, die eigentlichen mexikanischen Absichten des Schreibers darlegte, obzwar auch jetzt noch unter der bekannten bonaparte'schen Verschleierung. Die entscheidende Stelle des Briefes ist diese: — „Wenn in Mexiko eine dauerhafte Regierung unter dem Beistande Frankreichs gegründet worden ist, so werden wir jenseits des Ozeans der lateinischen Rasse ihre Kraft und ihren Glanz zurückgegeben haben (si un gouvernement stable s'y (en Mexique) continue avec l'assistance de la France, nous aurons rendu à la race latine, de l'autre côté de l'océan, sa force et son prestige)."

Aus dem Bonaparte'schen ins Deutsche übersetzt lautet das so: Wir wollen jenseits des Ozeans der germanischen (angelsächsischen) Rasse die romanische gegenüberstellen, dem germanischen Prinzip der Selbstbestimmung der Individuen und

der Selbstregierung der Völker das romanische Prinzip des Despotismus, dem amerikanischen Republikanismus den europäischen Cäsarismus, der Union-Demokratie eine mexikanische Monarchie, welche mit französischer Hilfe und im Bunde mit den südstaatlichen Sklavenzüchtern das Weitere besorgen wird ... Da hieß es eben auch wieder einmal:

„Wär' der Gedank' nicht so verwünscht gescheidt,
Man wär' versucht, ihn herzlich dumm zu nennen ...“

Charakteristisch, sehr charakteristisch ist auch im oben mitgetheilten Dokumente der Gebrauch des Wortes „prestige“, was bekanntlich eigentlich Blendwerk bedeutet. Es ist, wie Jedermann weiß, eins der Leib- und Lieblingsworte des Imperialismus; im Uebrigen eine der windbeuteligsten Windbeuteleien, welche jemals auf- und ausgewindbeutelt worden sind, aber gerade darum so recht gemacht, einem äffisch-eiteln Franzosenthum als Leitseil durch die Nase gezogen zu werden. Der Kaiser kannte seine Franzosen gründlich. Er wußte, daß sich mit Tiraden, wie „Le prestige de la France“

— „Marcher à la tête de la civilisation“ — „Déployer le pavillon français“ — mexikanische Anleihen populär machen und alle Angriffe auf das mexikanische Unternehmen leicht pariren ließen — vorderhand. Was er aber lange nicht so gründlich kannte, das war Mexiko und waren die Mexikaner, die er nach den jämmerlichen Exemplaren, welche an seinem Hofe gemunkelt und gemantscht hatten, beurtheilte, sowie nach den ganz falschen, auf gründlicher Unkenntniß beruhenden Berichten des Monsieur Dubois de Saligny, der seinem Gebieter vorgaukelte, die Franzosen würden auf ihrem Marsche nach der Hauptstadt von Mexiko überall als „Befreier“ (libérateurs) mit Triumphbogen und Lobgesängen empfangen werden.

Aus diesem „Prestige“ erklärt es sich, warum Napoleon der Dritte mit so unzureichenden Mitteln an die Zerstörung der Republik jenseits des Meeres gegangen ist und warum er namentlich gegenüber dem nordamerikanischen Bürgerkrieg eine Politik schwächlicher Halbheit befolgte. Er hatte die südstaatliche Rebellion im Geheimen ermuthigt, er hatte

sie sogar offen als kriegführende Macht anerkannt und behandelt und dadurch natürlich den ingrimmigen Groll der Union herausgefordert. Aber in wunderlicher Verblendung ging er nicht weiter, während er doch, um sein mexikanisches Unternehmen triumphiren zu machen, den südstaatlichen Rebellen ohne Zaudern eine hilfreiche Hand reichen und ihre Sache zu der seinigen machen mußte.....

Derweil war drüben in Mexiko nach dem Bruche der Konvention von La Soledad der französische Faustrechtskrieg gegen die Republik eröffnet worden, am 27. April 1862 von Orizaba aus. Bezeichnend genug geschah es mit einem abermaligen Wortbruch, denn der genannten Konvention gemäß hatten die Franzosen sich verpflichtet, falls die eingeleiteten Unterhandlungen sich zerschlügen, von Orizaba hinter die Linie des Chiquihuite zurückzugehen. Aber was hatte in dieser ganzen Angelegenheit ein Wortbruch mehr oder weniger zu sagen? Nichts. Oder doch etwas? Man darf diese Frage wohl dahin bejahen, daß die Wortbrüchigkeit, welche die Franzosen beim Beginne des Krieges wiederholt sich zu schulden kommen ließen, eine der Ursachen der feindseligen Stimmung gegen sie gewesen ist, welche bald der ungeheuren Mehrzahl der Bevölkerung des Landes sich bemächtigte.

Die Mexikaner waren auch gar kein so verächtlicher Feind, wie der französische Uebermuth sich eingebildet hatte. Durch die erst neuerlich mit so leichter oder gar keiner Mühe in China geholte Gloire aufgeblasen, glaubte man auch in Mexiko mit etlichen Brigaden alles machen zu können. Die Mexikaner waren aber denn doch keine Chinesen. Das erste Vordringen der Franzosen auf Puebla im Mai 1862 mißlang völlig. Sie wurden mit blutigen Köpfen nach Orizaba zurückgejagt, wo sie sich in ihren Verschanzungen nur unter großen Mühsalen und Entbehrungen bis zur Ankunft ihrer auf dem Ozean schwimmenden Verstärkungen hielten. Diese machten eigentlich eine neue Armee aus, welche 30,000 Mann zählte, so daß, spätere beträchtliche Nachschübe eingerechnet, die Gesammtstreitmacht der Franzosen in Mexiko auf 40 und 50,000 Mann Kerntruppen gebracht war

8*

und auf dieser Stärke erhalten wurde. Hiezu kamen noch die einheimischen Guerillasbanden, welche von den Klerikalen organisirt und den Franzosen zur Verfügung gestellt wurden. Dieser Feindesmacht waren die Streitmittel der Republik nicht gewachsen, welche zudem gerade jetzt noch ihren vorerst besten General, Zaragoza, durch den Tod verlor. Allein ungeachtet ihrer großen Ueberlegenheit machten die Franzosen auch jetzt nur sehr langsame Vorschritte, und als sie endlich die Hauptstadt erobert und, wie sie wähnten, das ganze Land in ihrer Gewalt hatten, da ward sofort offenbar, daß dies nur eine optische Täuschung war. Sie hatten das Land nicht und mußten bald innewerden, daß sie einen Kabinettskrieg begonnen hatten, aber einen Volkskrieg bestehen mußten und zwar unter allen den Beschwerden und Nachtheilen, welche schon die klimatischen Verhältnisse Mexiko's mit sich brachten. Das Machtgebot der Eindringlinge, die trotz der kolossalen Summen, welche die Bewohner Frankreichs für diesen neuen Gloire-Lappen zu bezahlen hatten, eben auch den Krieg durch den Krieg ernähren ließen und schon dadurch heftigste Erbitterung veranlaßten, reichte nicht über den Umkreis der gerade von ihnen besetzten Städte und Ortschaften hinaus und galt auch innerhalb des Umkreises derselben gerade nur so lange, als sie da waren. Ihre Kolonnen haben sich mit gewohnter Tapferkeit überallhin, bis in die entferntesten Gegenden des Landes hinein und hinaus Bahn gebrochen; aber das war doch nur wie das Herumwühlen einer Hand in einem Sandhaufen. Hinter den feindlichen Kolonnen sammelten sich die Widerstandskräfte immer wieder von Neuem und jeder französische Sieg ward für jeden echten Mexikaner ein weiterer Haßstachel gegen die übermüthigen Fremdlinge, welche sein Heimatland wie Räuber angefallen hatten und in deren Gefolge und Geleite die Almonte, Miramon, La Bastida und die ganze Bande der Verräther und Pfaffenknechte nach Mexiko zurückgekehrt waren, um ihre unheilvolle Thätigkeit wieder zu beginnen.

Es ist eine Thatsache, die gar nicht bestritten werden kann und auch von keiner beachtenswerthen

Seite her bestritten worden ist: — der Kern des mexikanischen Volkes hielt jetzt, wie später während des Kaiserschwindels, fest an der Republik und an dem recht- und gesetzmäßigen Staatsoberhaupt Juarez; gerade so fest, wie der Präsident seinerseits an seiner Pflicht hielt. Mit den Franzosen haben nur Lumpe und Schufte gemeinsame Sache gemacht, vornehmstes und niedrigstes Gesindel und Geziefer; von dem Kaiserschwindel dagegen ließen sich, wenigstens zeitweilig, auch manche ehrliche Leute in Mexiko bethören, manche ehrliche Leute aus den wohlhabenden und gebildeteren Klassen, während die in den Gemüthern der indianischen Bevölkerung nachdämmernde alte Sage vom weißgesichtigen Messias Quetzalkoatl diesem Schwindel bei den Massen einen gewissen Nimbus gab und eine gewisse Popularität verschaffte; freilich auch nur sporadisch und vorübergehend.

Das alles konnte anders nach Europa herüber *scheinen*, so lange die Franzosen mit ihren überlegenen Streitkräften dem nationalen Willen Schweigen und scheinbare Ergebung in die vollendeten Thatsachen auferlegten. Daß es aber so war, wie so eben angegeben worden, haben die Ereignisse nach dem Abzuge der Franzosen ganz unwiderlegbar erwiesen.

Zu Ende Septembers von 1862 stieg der General Forey zu Veracruz ans Land, um sich, wie die herkömmliche Phrase lautet, in Mexiko „den Marschallsstab zu holen", mit welchem ja, wie bekannt, die Herren vom Dezember 1851, soweit sie Soldaten, der Reihe nach beschenkt worden sind. „Dem Verdienste seine Kronen" oder Stöcke! Es vergingen aber noch Monate, bevor die Franzosen ihre Operationen gegen Puebla wieder aufzunehmen vermochten. Erst im März von 1863 gingen sie in zwei Kolonnen von Jalapa und Orizaba aus gegen die genannte Stadt vor, wo die mexikanische Hauptmacht unter dem Kommando des Generals Ortega Stellung hatte. Bei Berennung, Belagerung und Erstürmung dieses Platzes verfuhr Forey so langsam, zögernd und umständlich, daß man ihm allgemein nachsagte, er habe die Gewinnung desselben noch viel schwieriger erscheinen lassen wollen, als sie wirklich war, um den Firniß seines

Marschallstocks, den er dafür erhielt, glänzender zu machen. Am 18. Mai kapitulirte Ortega und fiel Puebla sammt 12,000 mexikanischen Kriegsgefangenen in die Hände der Franzosen. Nach diesem Schlage konnte ein ernstlicher Versuch, die Hauptstadt zu vertheidigen, gar nicht gemacht werden. Am 31. Mai verließ Juarez dieselbe mit allem, was er an Heerkräften noch zusammenhalten konnte, und wandte sich nach San Luis de Potosi, welche Stadt er, am 16. Juni daselbst eingetroffen, zum obersten Regierungssitze machte. Ueberall auf seinem Wege ließ er energische Manifeste ausgehen, in welchen er alle Veranstaltungen, Einrichtungen und Ernennungen, alle Staatsakte der französischen Eindringlinge und ihrer landesverrätherischen Schützlinge und Parteigänger zum Voraus für unrechtmäßig, für ungesetzlich, für straffällig, für null und nichtig erklärte, sowie auch für seine Person gelobte, bis zu seinem letzten Athemzuge die Freiheit und Selbstständigkeit des Landes zu vertheidigen. Er war so wenig gebeugt und entmuthigt, daß er mit ruhiger Bestimmtheit seine triumphirende Rückkehr in die Hauptstadt voraus-sagte. Er ist kein falscher Prophet gewesen.

Am 6. Juni wurde Mexiko von den Franzosen unter Bazaine besetzt. Am 10. hielt Forey seinen Einzug, zwischen dem Verräther Almonte und dem Monsieur Dubois de Saligny reitend. Die Rolle, welche dieser Kommissär Napoleons des Dritten in dem mexikanischen Handel spielte, erinnert mutatis mutandis auffallend an die bekanntlich sehr mißduftende, welche der französische Gesandte Bois-le-Comte in den schweizerischen Sonderbundswirren von 1846—47 gespielt hat, im Auftrag seines Meisters Guizot, welcher dann später freilich den dummen Teufel schnöde verleugnete.

In das eigene Wesen äffisch-eitel verliebt, von ihrer, der liebenswürdigsten Schwerenöther von der Welt Unwiderstehlichkeit gegenüber von Mann und Weib durchaus überzeugt, dabei hinsichtlich alles Nichtfranzösischen, hinsichtlich der Fühl- und Denkweise, der Bildungsstufe, der Sitten und der geschichtlichen Erinnerungen anderer Völker ganz unglaublich unwissend, so sind die Franzosen in der

Kunst, fremde Nationen zu kennen, zu werthen und zweckmäßig zu behandeln, allzeit elende Stümper gewesen. Ganz in der Ordnung demnach, wenn sie sich in Betreff der Mexikaner gewaltig verrechneten. Und auch in Betreff der Mexikanerinnen verrechneten sie sich so sehr, daß ihre Offiziere bald zu der komischen Klage Veranlassung fanden, in diesem „verwünschten Lande könne man sich ja gar nicht um der Frauen willen ruiniren.“ Bei ihrem Einzug in die Hauptstadt mit etlichem Halloh begrüßt, schlossen sie daraus, daß die gesammte Bevölkerung „Befreier“ und „Retter“ in ihnen sähe, während jener Empfangschwindel ihnen doch nur von ihren in Mexiko niedergelassenen Landsleuten mit der den Franzosen in solchen Veranstaltungen eigenen Geschicklichkeit bereitet worden war. Um die Sympathie der Bevölkerung noch mehr anzufeuern, veranstalteten sie sodann abwechselnd Ballfeste und pompose Prozessionen. Letztere sollten zur Beschmeichelung des Klerus dienen, wie es ja bekanntlich zum System des Neu-Bonapartismus gehört, die Pfafferei und die

Pfaffen zu hätscheln, auf daß die Volksverdummung in erwünschter Blüthe erhalten bleibe. Monsieur Dubois de Saligny, der französische Prokonsul in Mexiko, hätte, um seine und seines kaiserlichen Gebieters Frömmigkeit zu erweisen, gar zu gern auch den Verkauf der geistlichen Güter rückgängig gemacht und der lieben „todten Hand" ihren ungeheuren Reichthum zurückgegeben; aber das ließ sich leider nicht bewerkstelligen und durfte zum Anfang nicht einmal versucht werden, um nicht alle die zahlreichen Käufer von eingezogenen Kirchengütern sofort zu erklärten Feinden des zu errichtenden Kaiserthums zu machen.

Denn damit wurde jetzt vorgegangen und eine schamlosere Komödie ist kaum jemals gespielt worden. Der Marschall Forey hatte nicht mehr viel damit zu thun, indem er kurz nach seinem Einzug in Mexiko heimberufen und in der Oberbefehlshaberstelle durch den General Bazaine ersetzt ward. Oberregisseur der Kaisermacherei-Komödie war Monsieur de Saligny, seine Haupthandlanger dabei sind die mexikanischen Generale Almonte und Marquez sammt dem Exminister Aguilar gewesen. Es wurde von Seiten dieser Leute und ihrer Helfershelfer zum Voraus ungescheut ausposaunt, daß der Erzherzog Maximilian von Oestreich Kaiser von Mexiko werden würde und zwar als erklärter Kandidat der klerikalen Partei. Monsieur de Saligny „designirte" sodann 35 Stück „Notable", welche eine „Junta superior" bildeten. Diese 35 Stück „Notable" sollten sich 215 weitere Mitglieder zugesellen und diese Notabelnversammlung sollte „unter dem Schutze der französischen Fahne ruhig und in Frieden berathen", welche Regierungsform Mexiko annehmen wollte. Man versuchte, um der Posse einen ernsthaften Anstrich zu geben, auch Liberale und Republikaner für diese angebliche Notabelnversammlung zu weibeln und zu werben; aber vergeblich, wie denn überhaupt neben Pfaffen und Pfäfflingen die Franzosen in Mexiko nur etlichen vornehmen und geringen Pöbel, echte „Canaille", für sich und ihre Machenschaften zu gewinnen wußten. Diese Spottgeburt von Notabelnversammlung, aus welcher sich aber sogar notorische Klerikale bald wieder bei Seite geschlichen hatten, beschloß auf einen Kommissionsbericht Aguilars hin, es sei die Republik Mexiko hiemit in eine Monarchie umgewandelt, diese Monarchie solle ein Kaiserthum sein und die Kaiserkrone ohne Zögern durch eine zu entsendende Abordnung dem Erzherzog Maximilian angetragen werden.

Und diese klägliche, unter dem Schutz und Schirm der französischen Trikolore abgehaspelte Schnurre wagte man eine „einstimmige und feierliche Abstimmung der Repräsentanten des mexikanischen Volkes zu Gunsten der Monarchie und des Kaisers Maximilian" zu nennen!

Die „Notabelnversammlung", d. h. Monsieur de Saligny, ernannte dann bis zum Eintreffen des Kaisers eine provisorische Regentschaft, zusammengesetzt aus den Generalen Almonte und Salas und aus dem Erzbischof La Bastida. Dieser, ein Priester hochmüthigster Sorte, fand aber seine beiden Kollegen bald nicht bigot und reaktionär genug und die Franzosen des frommen zweiten Empire noch lange nicht so fromm, wie er sie wünschte. Er überwarf sich mit Almonte — Salas war eine Null — und mit dem General Bazaine. Er behauptete, die „heilige Kirche erleide jetzo dieselben Angriffe und Beeinträchtigungen wie unter der Regierung des Juarez, ja noch erbittertere", und wühlte und intrikirte so heftig, benahm sich so unverschämt, daß der französische Obergeneral sich genöthigt sah, ihn aus der provisorischen Regierung zu entfernen. Der Räuber und Jeckeranleihenmacher Miramon kam Ende Juli's nach der Hauptstadt, billigte alles Geschehene und wurde dafür zum Obergeneral des zu errichtenden Nationalheeres ernannt. Ueber diesen Oberbefehlshaber hat sich aber während der Dauer des Kaiserschwindels auf Seiten der Kaiserlichen der General Mejia, von indianischer Abkunft, an Tüchtigkeit und Ruf weit hinweggehoben. Zugleich mit Forey verließ in den ersten Tagen des Oktobers Monsieur de Saligny Mexiko und wurde zeitweilig durch Herrn von Montholon ersetzt. Bazaine, der ein verständiger Mann war, erkannte die Nothwendigkeit, den Käufern von Kirchengütern beruhigende Versicherungen zu geben und versetzte dadurch die gesammte Prälatur und Bonzenschaft in nicht geringe Wuth, welche nicht beschwichtigt wurde durch den Anblick des protestantischen Gottesdienstes, welchen der General für die Protestanten unter seinen Soldaten durch ihren Feldprediger öffentlich halten ließ. So that sich eine Kluft der Entfremdung und Erbitterung zwischen den Franzosen und der mexikanischen Priesterpartei auf, welche letztere jetzt alle ihre Hoffnungen auf den Kaiser Maximilian setzte.

Die Abordnung, welche die kaiserliche Goldschaumkrone nach Miramare bringen sollte, bestand aus dem Pater Miranda, dem Señor Aguilar und sieben anderen Herren. Sie ging am 16. August in Veracruz zu Schiffe. In Paris schlossen sich Gutierrez d'Estrada und Hidalgo ihr an. Am 3. Oktober hatten diese Kronebringer, deren Sprecher Gutierrez d'Estrada war — einer der schwächsten Schwachköpfe des Jahrhunderts — Audienz zu Miramare.

Der Erzherzog biß aber noch nicht fest und entschieden auf den lockenden Köder. Schon die unüberwindliche Kälte, welche das englische Kabinett dem Kaiserschwindelprojekt fortwährend entgegenstellte, hatte ihn stutzig und bedenklich gemacht; denn er scheint denn doch ein richtiges Vorgefühl über die Natur der Verläßlichkeit einer Bürgschaft gehabt zu haben, welche einzig und allein von dem „Neffen des Onkels“ übernommen wurde. Auch der totale Unwerth der Berathung, Abstimmung und Beschlußfassung der angeblichen Notabelnversammlung mußte sich ihm aufdringen. Hatte sich ja doch sogar der napoleonische Minister Drouyn de Lhuys nicht entbrechen können, am 17. August 1863 an den französischen Oberbefehlshaber in Mexiko zu schreiben: „Wir werden die Stimmen der Notabelnversammlung nur als ein vorläufiges Zeichen der Stimmung des Landes ansehen dürfen“. Maximilian nahm also am 3. Oktober die dargebotene Krone nur mit dem Vorbehalt an, daß, wie er sich ausdrückte, „die Errichtung des Thrones von einem Plebiscit der ganzen Nation abhängig gemacht würde“.

Ob er keine deutliche oder gar keine Vorstellung

gehabt, wie der Bonapartismus es verstehe, dergleichen „Plebiscite“ zuwegezubringen, mag dahingestellt bleiben. Genug, die Franzosen unternahmen einen Feldzug ins Innere von Mexiko, welcher den Zweck hatte, „die Stimmen der Städte im Innern zu sammeln (à recueillir les suffrages des villes de l'interieur)“, und der Erzherzog gab sich mit dieser Abstimmung zufrieden. Daß er sie als eine reine Formalität, sich selbst aber bereits als Kaiser betrachtete, erhellt daraus, daß er den Winter über eifrig jene Unterhandlungen mit Napoleon dem Dritten pflegte, welche dann zwischen den Beiden zum Abschlusse des Vertrags von Miramare führten. Diesem zufolge sollten von der unter Förderung von Seiten der französischen Regierung aufzubringenden mexikanischen Anleihe von zunächst 300 Millionen 105 der französischen Staatskasse als Ersatz für geleistete oder noch zu leistende Vorschüsse zufließen; auch sollten die Kosten der französischen Expedition durch die mexikanische Staatskasse und zwar in 14 Jahresraten von je 25 Millionen vergütet und außerdem die Ansprüche französischer Unterthanen an den mexikanischen Staatsschatz geprüft und nach Billigkeit befriedigt werden. (Freut euch des Lebens, Jecker und Kompagnie!) Die französische Armee in Mexiko sollte in möglichster Bälde auf den Betrag von 25,000 Mann herabgemindert werden, einschließlich einer 9000 Mann starken „Fremdenlegion“, welche nach Abzug aller übrigen französischen Soldaten noch 6 Jahre lang in Meriko zurückbleiben müßte. Vom 1. Juli von 1864 an sollte die mexikanische Staatskasse für den Sold aller Truppen, auch der französischen, aufkommen. Der Sinn dieses Vertrags war demnach: der Erzherzog Maximilian soll unter dem Namen eines Kaisers in Mexiko für Napoleon den Dritten den Präfekten machen dürfen, gerade so lange er Geld genug aufbringen kann, um die französische Besetzung des Landes zu bezahlen ... Der Kaiser von Oestreich hat seinerseits die Werbung eines aus Oestreichern bestehenden Freiwilligenkorps in der Stärke von 6000 Mann für das Kaiserreich Mexiko gestattet und gefördert. Ebenso der König der Belgier, und zwar zum großen

Verdruß derselben, die Bildung einer belgischen Freischar.

Am 10. April von 1864 stellte sich Don Gutierrez d'Estrada zu Miramar als Sprecher der wiederum dort erschienenen mexikanischen Deputation abermals in Positur und bot dem Erzherzoge noch einmal die Kaiserkrone an, feierlich versichernd, die gewünschte Volksabstimmung habe das gewünschte Resultat gehabt, das „mexikanische Volk habe mit enthusiastischer Zustimmung die von der Notabelnversammlung getroffene Wahl Sr. Majestät des Emperador Maximiliano I. sanktionirt". Auf diese französisch gegebene Versicherung hin gab Maximilian seinerseits die spanische, daß er, nun die von ihm gestellte Bedingung erfüllt sei, die Krone Meriko's annehme. Im Weiteren erblickte der Prinz eine providentielle Fügung darin, daß die merikanische Nation einen Nachkömmling jenes fünften Karls, in dessen Reichen die Sonne nie unterging und unter dessen Regierung Meriko zum ersten mal an das Haus Habsburg gekommen, zu ihrem Kaiser erwählt habe. Sodann gab er die

9*

Erklärung ab, er werde, sobald die Herstellung der Ordnung gesichert sei, in Mexiko eine liberale Konstitution einführen, welche der Ordnung die Freiheit zugesellen sollte. Nachdem sodann von beiden Seiten hinlänglich viel Pathos und auch etzliche Rührung verbraucht worden war, wie der gute Ton bei solchen Anlässen verlangt, schwur Maximilian I. auf das Evangelienbuch, „sein Volk glücklich zu machen", und leistete ihm dagegen Señor Gutierrez d'Estrada den Unterthaneneid „im Namen Mexiko's".

Es ging bei dieser Staatsaktion ganz ernsthaft her und hat, soviel bekannt, niemand gelacht. Der Mensch ist eben eine „ernsthafte Bestie".

8.

„Los Emperadores“.

War der Schwur des Prinzen, Mexiko „glücklich zu machen“, aufrichtig und ehrlich geschworen?

Ja!

War die Sachlage so, daß Aussicht zur Erfüllung dieses Schwures vorhanden?

Nein!

War der Erzherzog der Mann dazu, unter allen Umständen zu leisten, was er versprochen hatte?

Abermals nein!

Der Prinz wurde am 6. Juli 1832 geboren, als der zweite Sohn des Erzherzogs Franz Karl und der Prinzessin Sophie von Baiern, ein hübscher, wenn auch etwas zarter Junge, der sich zu einem stattlichen Jüngling entwickelte. Blond, blauäugig, etwas wächsern von Hautfarbe, schlank und feingegliedert, von ungezwungener Haltung, feinem Anstand und zierlicher Bewegung, so war die Erscheinung des Prinzen eine sehr gewinnende. Seine Persönlichkeit, von einem vortretenden Zug von Weichheit und Schwärmerei durchzogen, hat überall und bis zuletzt große Anziehungskraft auf die Menschen geübt. Niemals freilich hat dieser Persönlichkeit der Zauber beherrschender Kraft innegewohnt, sondern nur die Sympathieerregung, welche der reingesinnten, traulich sich erschließenden und der Anlehnung bedürftigen Weichheit eigen zu sein pflegt. Statt Weichheit könnte man fast Weiblichkeit sagen; denn in Wahrheit, es geschieht mit gutem Grund, wenn man den Prinzen zuweilen scherzend eine „verkleidete englische Miß mit angeleimten blonden Backenbärten“ hieß. Das weibliche Element im besten Sinne des Wortes hat in seiner psychischen Organisation das männliche weit überwogen. Daher die äußerst rege Empfänglichkeit und Anempfindungsfähigkeit des Erzherzogs, daher sein lebhaftes Schönheitsgefühl, sein feiner Formsinn, seine dichterische Stimmung und Anschauungsweise, sowie die Leichtigkeit und Zierlichkeit des Ausdrucks in gebundener und ungebundener Rede; daher aber auch eine gewisse Oberflächlichkeit, Flatterhaftigkeit und Eitelkeit, daher die Abwendung von der Strenge logischen Denkens und die Hingabe an Gefühlsschwelgerei und Phantastik.

Nachdem der Prinz das beklagenswerthe Opfer einer ruchlosen Politik geworden war, hat man seine literarischen Versuche, Reiseskizzen, Aphorismen und Gedichte, in einer stattlichen Bändereihe unter dem Titel „Aus meinem Leben" der Oeffentlichkeit übergeben (1867). Ein theures Vermächtniß für die Freunde des Unglücklichen, keine Frage; aber vergrößern konnte die Bekanntmachung dieser Stilübungen denselben nicht. Dagegen gewähren sie allerdings willkommene Einblicke in das Wesen des Erzherzogs.

Er stellt sich in diesen Aufzeichnungen als ein ganzer Lothringer-Habsburger dar, obzwar er sich nur als letztern fühlt. Das Lothringische in seiner Abstammung, wie es sich so höchst verschiedenartig in den zwei Figuren Josephs II. und Franz II. ausgeprägt hatte, war gar nicht nach dem Geschmacke des Prinzen. Joseph mußte ihm, dem Erzromantiker, als Aufklärer und Antiromantiker zuwider sein und ebenso der Großvater Franz als die fleischgewordene Prosa. Der Erzherzog bekannte gern und frei seine Vorliebe für das Mittelalter. „Ich leugne es nicht, ich liebe die alte Zeit. Nicht die der vergangenen Jahrzehnte, wo man im Nimbus des Haarpuders unter lau-flauen Idyllen zwischen üppigen Wiesenblumen dem gähnenden Abgrunde entgegenkollerte; nein, die Zeit unserer alten Ahnen, wo sich in Turnieren Rittersinn entwickelte, wo das tüchtige Weib nicht bei jedem Blutstropfen ein Riechfläschchen verlangte und eine Ohnmacht fingirte, wo man nach dem wilden Eber und den Bären jagte und zwar in freien Forsten. Diese starke Zeit hat starke Kinder erzeugt“ (A. m. L. II. 71). Sieht das nicht einer Reminiscenz aus dem „Hasper a Spada“ auf's Haar ähnlich? Der Prinz hatte also die alte dumme Lüge vom Mittelalter, wie sie ihm sein Präceptor vorgeleiert, für bare Münze genommen. Ganz in der Ordnung demnach, daß er für mittelalterliche Barbareien aller Art schwärmte, wie z. B. für das spanische Stiergefecht. „Durch den Lauf der Jahrhunderte prägte es sich immer mehr der Sitte des Volkes ein und selbst der verderbliche Einfluß der Aufklärer, dieser reißenden Wölfe im Schafpelze, dieser von Menschenliebe singenden Hyänen, konnte dieses Fest nicht ausrotten, wie es ihnen mit so vielem Alterthümlichen gelang" (A. m. L. II., 73). Leider bekanntlich auch mit der „heiligen" Inquisition, so daß der im Jahre 1851 in Spanien reisende Prinz nicht mehr das „ritterliche" Vergnügen haben konnte, neben der Hinschlachtung von Stieren auch noch die Verbrennung von Juden und Ketzern mitanzusehen.

Seine kindisch-zornige Auslassung gegen die Aufklärer läßt deutlich die kirchliche Zwangsjacke sehen, in welche die ganze Erziehung des Erzherzogs eingeschnürt war. Daher der starke Accent,

welchen er überall auf seine Katholicität gelegt hat. Bei seinem Besuche in der Kathedrale von Sevilla, wo neben andren heiligen Knochen auch die des heiligen Ferdinand gezeigt werden, erregte es ihm eine angenehme Empfindung, daß der genannte Heilige, bekanntlich ein allerhöchsteigenhändiger Juden- und Ketzerbrenner, „ihm als Hauptvertreter an Gottes Thron von der Kirche bestellt sei“ (A. m. L. II. 27). Wunderlich kontrastirt dann mit diesen hispanischen Anschauungen und Ueberzeugungen die Anwandlung, sein deutsches Nationalbewußtsein herauszukehren. Der arme Prinz ist eben nie zu einer Gedankenklärung gelangt, welche ihm gezeigt hätte, was für unermeßliches Unheil die hispanische Habsburgerei über Deutschland gebracht hat.

Mitunter scheint sich aber doch unwillkürlich eine moderne Ader in ihm geregt zu haben. So, wenn er den Satz niederschrieb: „Eine Regierung, die nicht die Stimme der Regierten hören will und kann, ist faul und geht ihrem raschen Untergange entgegen“. Allein solche Regungen waren nicht von Dauer und konnten es nicht sein, weil ihnen die Grundlage einer wirklichen Einsicht in das Wesen und Wollen des 19. Jahrhunderts fehlte. Die romantische Dämmerung verdrängte sofort wieder die prosaische Tageshelle. Nur in dieser Dämmerung oder „mondbeglänzten Zaubernacht" fühlte der Prinz sich behaglich. Schade, daß sein Behagen gestört wurde durch einen unruhig hin und her tastenden Thatendrang, welcher, weil die Thatkraft dem phantastischen Wünschen durchaus nicht entsprach, auch wieder mehr einem weiblichen Gelüste als einem mannhaften Wollen entsprang. Der Erzherzog hat sich über das Maß seiner Talente und seiner Kraft offenbar einer großen Selbsttäuschung hingeben, und als er den Vers machte:

„Klein ist, nur zu wollen,
Was man eben kann;
Was er will, zu können,
Macht den großen Mann" —

hat er sicherlich sich eingebildet, daß e r ein Solcher sei, welcher könne, was er wolle.

Es ist begreiflich und sehr verzeihlich, daß die

leicht erregbare Phantasie des Prinzen an der Vorstellung sich entzündete, den Thron Montezuma's wieder aufzurichten, als ein durch den Segen des Papstes geweihter und gefeiter Ritter Sankt Georg der Monarchie jenseits des Ozeans den Drachen des Republikanismus zu besiegen und in einem märchenhaft-schönen Lande die Krone zu tragen als ein Herrscher, welcher, wohlgesinnt und milde, Frieden, Ordnung und Gedeihen da pflanzen würde, wo bislang Anarchie und Bürgerkrieg unausgesetzte Verwüstung angerichtet hatten.

Aber der Prinz mußte wissen und wußte, daß die ihm angebotene Kaiserkrone aus Lug gemacht und mit Trug lackirt war; er mußte wissen und wußte, daß seine Wahl zum Kaiser von Mexiko durch eine sogenannte Notabelnversammlung nichts war als eine vom Monsieur Dubois de Saligny veranstaltete Polizeiposse; er mußte wissen und wußte, daß die ihm vorgelogene „enthusiastische Zustimmung des mexikanischen Volkes zu dieser Wahl" nur fauler Wind; er konnte wissen, daß die Urkunde, welche ihn zum Titularkaiser machte, in Wahrheit und

Wirklichkeit nichts anderes sei als ein ihm von Napoleon dem Dritten ausgestelltes Anstellungspatent als französischer Oberpräfekt oder vielmehr Unterpräfekt von Mexiko; er konnte endlich auch wissen, daß er die finanziellen Verpflichtungen, welche er kraft des Vertrags von Miramar übernommen, nicht würde erfüllen können; denn er konnte doch unmöglich erwarten, die Mexikaner würden so holzschlägeldumm sein, jahrein jahraus ihre letzten Pesos herzugeben, um die stipulirten Millionen und wieder Millionen an dieselben Franzosen zu bezahlen, welche gekommen waren, ihnen den Krieg zu machen und die Freiheit und Selbstständigkeit ihres Landes zu vernichten: — ja der Erzherzog konnte und mußte das alles wissen und dennoch und trotz alledem ließ er sich von dem „Abenteurer", „Parvenu" und „Dezembriseur" mit einer Krone beschenken, von demselben dritten Napoleon, welcher etliche Jahre zuvor Oestreich einer seiner schönsten Provinzen beraubt und das Haus Lothringen-Habsburg so schwer gedemüthigt hatte. Aber freilich, was hat man sich da viel zu verwundern? Schlichtbürgerliche

Sittlichkeits- und Anstandsbegriffe vermögen sich eben zu solcher Höhe prinzlicher „Ritterlichkeit“ nicht zu erheben, was jedoch den strengen Wahrheitsmund der Geschichte nicht hindert zu sagen, daß in dieser „Ritterlichkeit“ oder „hohen Politik“ das Moment der Schuld des Opfers der mexikanischen Tragödie lag.

Fast ist man versucht, romantischer Weise anzunehmen, den Romantiker Maximilian habe schon im J. 1851 eine romantische Vorahnung seiner romantischen Kaiserfahrt über den Ozean beschlichen. Im Gruftgewölbe des Domes von Granada, an den Särgen Ferdinands und Isabella's, der „katholischen Könige“, hatte er damals gereimt:

„Düstrer, dumpfer Fackelschein
Führt den Enkel zu der Stätte,
Wo der Könige Gebeln
Ruht im kalten engen Bette.

„An dem Sarg er sinnend steht,
Bei dem Staub der großen Ahnen,
Lispelt stille sein Gebet
Den schon halbvergessnen Manen.

„Da erdröhnt es in dem Grab,
Flüstert aus den morschen Pfosten:
Der hier brach, der goldne Stab,
Glänzt plus ultra euch im Osten!"

Hätte der Erzherzog statt „Flüstert aus den morschen Pfosten" gesagt „aus den morschen Resten", so hätte er darauf reimen können: „Glänzt plus ultra euch in Westen" — und die prophetische Hindeutung auf seine Zukunft wäre ja handgreiflich vorhanden gewesen. Aber, in allem Ernste gesprochen, gerade zu jener Stunde ist im Dome zu Granada dem Prinzen so etwas wie ein Schicksalswink zu theil geworden. Denn er fügte der mitgetheilten Aeußerung in Versen noch diese in Prosa hinzu: „Die Dämmerung brach in die ernsten Wölbungen herein, ein dunkler Schleier über das Reich des Todes. Der Sakristan erschloß ein kleines Gemach, rumpelte im Finstern herum und kam mit den Reichs-Insignien des katholischen Ferdinands und dem Gebetbuche der frommen Isabella wieder zum Vorschein. Stolz, lüstern und doch wehmüthig griff ich nach dem goldenen Reif und dem einst so mächtigen Schwerte. Ein schöner, glänzender Traum wäre es für den Neffen der spanischen Habsburger, letzteres zu schwingen, um ersteren zu erringen." (A. m. L. II, 164.)

Dreizehn Jahre später hat der Erzherzog versucht, den „schönen, glänzenden Traum" zu verwirklichen. Allein das „mächtige" Schwert seines Ahnherrn, welcher übrigens weit mehr ein völlig gewissenloser, siebenfach destillirter Diplomat und Geschäftsmann als ein „Ritter" gewesen ist, war viel zu schwer für ihn. Er hatte weder zum Kriegsmann noch zum Staatsmann so recht das Zeug. Das Fiasko welches er als Generalgouverneur der Lombardei erfahren hatte, hätte ihm diese Wahrheit sagen können. Aber wo wollen und wollten die Menschen die Stimme der Wahrheit hören, und wäre es auch die in ihrer eigenen Brust? Zum stilllebigen Träumer und Reimer, zum Kunstkenner, Parkanleger und Blumenzüchter war der Prinz gemacht. Unterrichtet, feinfühlig, nicht ungeübt im Beobachten, bei zeitweiligen Anflügen von Altklugheit doch vorwiegend

Phantastiker, ein gemüthlicher Plauderer, aber ohne irgendwelchen selbstständigen Gedankenwurf, voll hochfliegender Reminiscenzen, aber ohne energischen Seelenschwung, den Kitzel zum Handeln mit der Kraft zum Handeln verwechselnd, — Summa: eine weit mehr passive als aktive Natur, ganz dazu angethan, von dem Triebwerk der „hohen Politik" mitleidslos zermalmt zu werden.

Für den Erzherzog, wie er nun einmal war, ist es ein großes Unglück gewesen, daß er in der Person der Prinzessin Charlotte von Belgien eine Frau zur Gattin bekam (1857), in welcher das männliche Element ebenso vorwog, wie in ihrem Gemahl das weibliche.

Auch die Erzherzogin ist keineswegs schuldlos von einem schrecklichen Geschicke ereilt worden. Sie war es, welche, von Ehrgeiz verzehrt, den träumerischen Einbildungen ihres Gatten, er sei bestimmt, große Thaten zu thun und eine erste Heldenrolle auf der Weltbühne zu spielen, eine bestimmte Richtung gab. Sie war es, welche ihren ganzen übermächtigen Einfluß auf den Prinzen aufbot, um ihn zum Eingehen auf das Kaiserschwindelspiel zu bewegen, und sie hat an diesem Spiel selber einen so starkvortretenden Antheil genommen, daß die Mexikaner sie ihrem Gemahle durchaus gleichstellten und daß die Anhänger des Kaiserthums nicht vom Kaiser und von der Kaiserin sprachen, sondern beide in der Gesammtbezeichnung „Los Emperadores“ untrennbar zusammenfaßten.

Die Tochter Leopolds von Belgien war keine gewöhnliche Frau. Ernstgestimmt, nachdenklich und arbeitsam von Jugend auf, hatte sie sich eine vielseitige Bildung erworben, las, schrieb und sprach geläufig deutsch, französisch, italisch und englisch, war auch eine Politikerin, soweit man das eben sein kann ohne Menschenkenntniß und Erfahrung. Es war ihr nicht beschieden, ihrem Gatten Kinder zu geben, und das war ihr großes Unglück. Denn Frauen, welchen des Weibes süßester Pflicht und höchster Bestimmung, Kinder zu gebären und zu erziehen, genugzuthun versagt ist, werden durch ihre ungestillte Sehnsucht in der Regel auf allerlei Wege der Thorheit getrieben. Am häufigsten auf die Bahn der Frömmelei oder auf die ebenso schlüpfrige eines unweiblichen Ehrgeizes. Die Erzherzogin wußte beides zu vereinigen: sie war fromm und ehrgeizig zugleich und beide Motive haben denn auch in Betreff des unseligen mexikanischen Kaiserschwindels ihre Wirkung gethan. Die Prinzessin glaubte oder bildete sich ein, zu glauben, ihr Gemahl würde von dem auf seiner Seele lastenden Gewichte der Thatenlosigkeit zu Tode gedrückt. Das war gar nicht zu befürchten; allein sie hatte sich's nun einmal in den Kopf gesetzt, daß es so sein müßte, und handelte darnach. Frauen, die nicht Mütter sind, und also nicht durch Muttersorgen stets an das Mögliche und Wirkliche gemahnt werden, sind in der Hingabe an ihre Marotten und Leidenschaften ganz unberechenbar und springen mit Leichtigkeit über Schranken hinweg, die ihnen heilig, heiligst sein müßten.

Daraus erklärt sich, wie die Enkelin Louis Philipps mit Louis Bonaparte in freundliche Beziehungen treten mochte; daraus erklärt sich, daß die Nichte der Prinzen Orleans aus den Händen Napoleons des Dritten eine Schaumgoldkaiserin-

10*

krone als Almosen zu empfangen sich nicht geschämt hat.

Aber es sollte eine Stunde kommen, wo der Almosengeber und die Almosenempfängerin im Schlosse von Saint-Cloud einander gegenüberstanden und die Enkelin Louis Philipps die ganze Bitterkeit des bonaparte'schen Almosens zu schmecken bekam. Man beleidigt das „schlichtbürgerliche" Sittengesetz und Anstandsgefühl doch nicht immer ungestraft.

9.

Von Veracruz bis Chapultepek.

Am 28. Mai von 1864 warf, wie schon gemeldet worden, die Novara, nachdem sie am Fortfels von San Juan d'Ulua vorbeigeglitten, vor Veracruz Anker. Den hier Landenden bietet aber bekanntlich das schöne Aztekenland keinen einladenden Anblick. Ein langgestreckter, flacher, sandiger, dürrer Küstensaum und darauf zwischen Sanddünen und Sümpfen emporsteigend die weißen, flachdachigen Häuserwürfel der Stadt, zu geraden Straßenzeilen zusammengefügt wie lange Reihen von Grabmonumenten, — das ist alles. Der guten Gräfin Kollonitz kam das Ganze vor „wie ein großer Kirchhof", und daß die glühendheiße Hafenstadt mit ihrer Umgebung ein solcher heißen durfte, davon konnten sich die Ankömmlinge überzeugen, wenn sie ihre Blicke nach dem gegenüber der Insel Sacrificio gelegenen „Jardin d'acclimatation“ richteten. So nämlich hatten die Franzosen mit echtfranzösischem Witz eine weite Einfenzung benamset, innerhalb welcher die Scharen von Franzosen begraben liegen, die in der ersten Zeit nach der Landung der mexikanischen Expedition unter dem Gluthimmel der Tierra caliente am Vomito gestorben waren.

Die Thetis, der Novara vorauseilend, hatte die Ankunft des Kaisers in Veracruz gemeldet. Es schien jedoch niemand davon Notiz nehmen zu wollen. „Nichts regte sich im Hafen, nichts an der Küste. Der neue Beherrscher von Mexiko stand Angesichts seines Reiches und war im Begriffe, es zu betreten, aber seine Unterthanen hielten sich verborgen, niemand empfing ihn! Es war ein unheimliches Gefühl für alle.“ So unsere gräfliche Gewährsfrau*). Die Gleichgültigkeit der Bewohner von Veracruz gegen

---

*) Paula Kollonitz: Eine Reise nach Mexiko i. J. 1864, S. 69.

den Kaiserschwindel erklärt sich übrigens leicht aus dem Umstand, daß diese Hafenstadt stets ein Hauptsitz des Liberalismus gewesen ist.

Die sogenannte provisorische Regierung hatte ihren Obmann, den General Almonte, aus der Hauptstadt nach der Küste geschickt, um „Los Emperadores“ zu empfangen. Der tapfere General hatte aber, sei es aus Scheu vor dem Liberalismus oder aus Furcht vor dem Vomito von Veracruz, unterwegs in Orizaba Halt gemacht. In der Zwischenzeit, bis er von dort herbeigeholt war, erschien der Kommandant der französischen Flottenstation, Kontre-Admiral Bosse, an Bord der Novara und benahm sich als vollendeter Nichtgentleman, brummend und scheltend und den „neuen Beherrscher von Mexiko“ so recht fühlen lassend, daß derselbe in den Augen der Franzosen eben nur eine napoleonische Kreatur sei, ein untergeordnetes und voraussichtlich bald vernütztes Werkzeug der Tuilerienpolitik. Unter den übrigen wenig tröstlichen Auslassungen des Flegels von Admiral war auch d i e, daß die Reise nach der Hauptstadt sehr gefährlich sei, maßen sich Guerrillasbanden gebildet hätten, zum Zwecke, das Kaiserpaar unterwegs wegzufangen, und daß der General Bazaine noch nicht Zeit gehabt habe, sichernde Gegenmaßregeln zu treffen.

Am folgenden Tage, nachdem Almonte endlich eingetroffen, wurde die Landung bewerstelligt. „Der Empfang — bezeugt die Gräfin — war äußerst kühl. Die Bevölkerung von Veracruz war schwach vertreten; mit einigen Triumphbogen und landesüblichen Petarden hatte sie sich abgefunden.“ Die Franzosen hatten, um ihre Truppen möglichst schnell aus dem Pestilenzgebiete der Küste hinwegzuschaffen, eine Eisenbahn improvisirt, denn „gebaut“ konnte man kaum sagen, die von Veracruz über La Soledad bis nach Lomalto reichte, eine Strecke von 2 Stunden Fahrzeit. Bis Lomalto konnte man demnach in civilisirter Reiseweise gelangen. Hier jedoch begannen für die Emperadores und ihr Gefolge die komischen Leiden und tragischen Freuden einer Reise im Innern von Mexiko. Doch wurde, als der Wanderzug aus der heißen Region in die gemäßigte und aus dieser in die kühle auf der Hochebene von Anahuak langsam sich emporwand, der Empfang von Seiten der Bevölkerung allmälig wärmer. Eine hochwürdige Geistlichkeit hatte ja Lungen, Stimmritzen und Zungen nicht geschont, um insbesondere der indianischen Bevölkerung einzupredigen, daß die erlauchten Emperadores eigens und extra in der Absicht über das Meer gekommen seien, um die armen rothen, braunen, gelben, schwärzlichen und scheckigen Söhne von Anahuak glücklich zu machen. Der Wunsch wurde auch hier, wie überall und allzeit, des Glaubens Vater.

Natürlich strengte die klerikale Partei nach anderen Richtungen hin alle ihre Kräfte und Mittel an, um — immer unter Schutze französischer Bajonette, versteht sich — in den nach der Hauptstadt hinaufziehenden Emperadores die Vorstellung zu erwecken, es müsse an dem Humbug einer Volksabstimmung zu Gunsten des Kaiserthums doch ein Fetzen Wahrheit hängen. Verdächtig freilich war es, daß augenscheinlich große Vorsicht, ja Aengstlichkeit aufgewandt werden mußte, um den kaiserlichen Reisezug durch französische Truppenabtheilungen zu Fuß und zu

Pferde gegen etwaige Anfälle von Seiten republikanischer Guerrilleros zu schützen und zu decken. Allein an den Rastorten, wie Kordoba, Orizaba und Puebla, hatte der Eifer der Klerikalen in Verbindung mit den Künsten französischer Polizisten alles so herzurichten gewußt, daß das Kaiserpaar sich sogar schmeicheln durfte, mit Begeisterung empfangen worden zu sein. Abgesehen aber auch von solchen Blendwerken des Parteieifers und polizeilicher Kunst, ist der Erzherzog und seine Gemahlin von vielen mexikanischen Herren und Damen mit Wohlwollen angesehen und bewillkommt worden, weil die Einfachheit und Güte des Prinzen und der Prinzessin einen durchaus gewinnenden Eindruck machten. Wenn aber Maximilian und Charlotte in diesem höflichen, ja herzlichen Empfang eine dauerhafte Bürgschaft für die Popularität des Kaiserschwindels erblickten, so war das eine grelle Täuschung. Diese verhoffte Bürgschaft war gerade so viel werth wie das Vivatgeschrei, welches Haufen von Indianern, Mestizen und Zambos auf Kommando ihrer Seelenhirten an dem Wege des Kaiserpaares anstimmten. Der Erzherzog allerdings ließ zuweilen merken, daß er von allem, was er während der Hinaufreise gen Tenochtitlan gesehen und gehört, nicht allzu sehr erbaut sei; allein seine Frau ließ diese Stimmung nicht Herrin über ihn werden. Sie ihrerseits war von allem entzückt oder that wenigstens so. Sie äußerte sich ganz begeistert über Land und Leute und zählte ohn' Unterlaß die Beweise von Liebe und Anhänglichkeit auf, welche ihnen unterwegs gegeben worden seien. Die arme Frau hatte keine Ahnung, wie sehr das alles Schein und Schaum und wie bald der Schein verschwinden und der Schaum verfliegen würde.

Am 12. Juni hielten die kaiserlichen Schein- und Schaum-Majestäten, geleitet von dem General Bazaine, ihren Einzug in die Hauptstadt. Blumenguirlanden, Draperien, Triumphbogen mit den Inschriften Maximiliano und Karlota mangelten nicht. Doch durfte — sagte unsere gräfliche Augenzeugin — „die ganze Feierlichkeit nicht nach europäischen Begriffen beurtheilt werden. Schönheit der Uniformen, Glanz der Equipagen fehlten ganz.“ Glücklich, wenn weiter nichts gefehlt hätte! Aber welcher denkende Mensch konnte glauben, daß ein macht- und geldloser Fremdling, dieser von einem französischen General eingeführte und inthronisirte Titularkaiser, welchen alsbald die schlimmsten Gesellen Mexiko's, die Miramon, La Bastida und Marquez, als ihren Parteichef umgaben, lange verhalten könnte? Vielleicht glaubten es die zum Einzuge der Emperadores massenhaft herbeigeströmten Indianer, welche, wie wohlbezeugt ist, in dem freundlich grüßenden Erzherzog einen neuen Quetzalkoatl sahen; allein auch dieser indianische Glaube war von kurzer Dauer. Der arme östreichische Quetzalkoatl konnte ja keine Wunder thun.

Dem großen Regierungsgebäude an der Plaza mayor hatte man den hochtönenden Namen „Palacio imperiale“ gegeben; allein die Einrichtung und Ausstattung dieses Kaiserpalastes war die eines europäischen Gasthofes zweiten oder dritten Ranges und versinnbildlichte in ihrer Halbfertigkeit, Trödelhaftigkeit und Schluderigkeit ganz gut, aber wenig einladend, das Wesen dieser Stegreifdichtung von mexikanischem Kaiserthum.

Die mit dem erzherzoglichen Paare aus Europa herübergekommenen Herren, Damen und Diener machten zu dieser Palastwirthschaft sehr verwundernde Augen und gebärdeten sich nicht wenig enttäuscht, rath- und hilflos. Die Emperadores jedoch „zeigten sich mit allem zufrieden". Nur wünschten sie sich aus dem zwar nicht gerade verwünschten, aber doch verwanzten „Palacio imperiale" hinaus nach dem Sommerschloß der alten aztekischen Herrscher auf Chapultepek, das aber freilich mehr Ruine als Schloß war. So wurde denn eiligst ein Pavillon daselbst für den Prinzen und seine Gemahlin zu nothdürftigem Wohnen hergerichtet. Ach, das war kein Miramare! Die gute Gräfin Kollonitz mußte in Chapultepek mit dem Rest ihres Vorraths von Wanzenpulver herausrücken. Diese armen Majestäten hätten mit Leporello singen oder seufzen können: „Keine Ruh' bei Tag und Nacht!"

10.

Der Anfang nur der Anfang vom Ende.

Der Reiz der Neuheit, welcher das Erscheinen, Auftreten und Gebaren der Emperadores begleitet und für eine Weile den Anschein allgemeiner Zustimmung hervorgebracht hatte, mußte sich schnell vernützen in einem Lande, auf dessen Staatsbühne seit 40 Jahren die „Verwandlungen“ der Scene unaufhörlich und mit reißender Raschheit bewerkstelligt worden waren.

Die Mexikaner konnten unmöglich über die Thatsache hinwegsehen, daß der angebliche Kaiser eben doch nur ein Figurant und die wirkliche Macht und Gewalt bei dem zum Marschall erhobenen Oberbefehlshaber der französischen Armee sei. Diese Armee aber war und blieb in den Augen der ungeheuren Mehrzahl der Bevölkerung eine feindliche, der man eben nur Gehorsam zollte, wo und wie man schlechterdings mußte. Die nationale Fahne, das mußte selbst die klerikale Partei heimlich sich gestehen, flatterte in den Lagern und an den Beiwachtfeuern der republikanischen Generale und Bandenführer. Mexiko war nicht im „Palacio imperiale“ der Hauptstadt, sondern da, wo gerade die unstäte Wanderregierung des Präsidenten Juarez sich befand. Das Gefühl hiervon kräftigte sich und nahm an Umfang zu in demselben Maße, in welchem die Bevölkerung das Schwergewicht der französischen Okkupation immer schmerzlicher empfand. Auch konnten die ewigen Häkeleien, Eifersüchteleien und Zänkereien zwischen den Vertheidigern des wieder aufgerichteten Throns Montezuma's, d. h. zwischen den französischen, östreichischen, belgischen und kaiserlich-mexikanischen Truppen im Volke nur das Bewußtsein mehr und mehr zur Klarheit bringen, daß alle diese Leute an die Haltbarkeit der Sache, welche sie verfochten, selber nicht glaubten.

Die Aufgabe, welche dem östreichischen Prinzen gestellt war, ist eine solche gewesen, daß nur ein Phantasiemensch, wie er einer war, nicht von vorneherein an der Möglichkeit einer Lösung derselben verzweifelte. Während die rechtmäßige Regierung des Landes gegen ihn, den auf französischen Gewehren importirten Usurpator, Krieg führte und er noch dazu gezwungen war, die Interessen seiner Beschützer, der Franzosen, stets über seine eigenen zu stellen, sollte er über weite Länderstrecken hin seine monarchische Autorität zur Geltung bringen, eine Autorität, welche nie eine andere Basis gehabt hatte als Lug und Trug. Stets unter dem Banne der argwöhnischen Blicke Bazaine's und der nicht minder argwöhnischen Blicke, welche zwar fernher, aber deßhalb nicht weniger wuchtend aus dem Weißen Hause zu Washington auf ihn herabgerichtet wurden, sollte er eine „nationale" Armee von mindestens 40,000 Mann schaffen, während doch, mit wenigen Ausnahmen, alles gute Heermaterial auf der republikanischen Seite sich befand, sollte er ferner das ganze Verwaltungs-,

Justiz-, Finanz- und Verkehrswesen neu organisiren und sollte er endlich den schweren Geldforderungen des französischen Hofes nachkommen, zu welchen dieser durch den Vertrag von Miramare berechtigt war. Selbst eine Intelligenz ersten Ranges hätte dieses kolossale Wirrsal nicht zu bewältigen vermocht, selbst eine Eisenhand wäre an dieser Aufgabe erlahmt. Der Erzherzog war kein Mann von Genius und besaß keine eiserne Hand; aber das Schlimmste für ihn war, daß er kein Prinzip vertrat, sondern nur einen Schwindel.

Zu dieser Zeit vorzugsweise von dem belgischen Staatsrath Eloin berathen, einem Herrn, welchen der alte König Leopold, von dem es rein unbegreiflich, daß er seinem Schwiegersohne zur Annahme der mexikanischen Krone hatte rathen können, seiner Tochter als Mentor mitgegeben hatte, machte der Prinz den Versuch, der doppelten und drückenden Bevormundung durch die Franzosen und durch die klerikale Partei sich zu entziehen. Da er im Beobachten nicht ungeübt war, so hatte er bald bemerken müssen, daß seine Stellung als französischer Schützling und als Haupt der klerikalen Partei die Möglichkeit, in Mexiko Wurzel zu fassen, beträchtlich herabminderte. Er nahm daher einen Anlauf, dem Lande zu zeigen, daß er mehr als ein Figurant und Werkzeug der Franzosen und auch keineswegs ein gehorsamer Diener der Pfaffen sei. Nachdem er die letzteren und ihren Anhang schon dadurch für seine Sache erkältet hatte, daß er keine Miene machte, die Kirchengüter an den Klerus zurückzugeben — was übrigens ganz unmöglich — entfernte er die Führer der Klerikalen so ziemlich aus allen wichtigen Aemtern, schickte auch mehrere derselben als Gesandte nach Europa, um sie aus dem Lande zu bringen, und versuchte eine Regierung aus „nationalen“ Elementen zusammenzusetzen. Aber was waren das für Leute? Entweder unsaubere oder untüchtige; denn, sei es auch hier wiederholt, alle besseren und tüchtigeren nationalen Kräfte hielten fest an der Republik und an Juarez.

Der Erzherzog wähnte nun, mit Hilfe seiner halbliberalen Halbmänner oder Ganzunmänner von

Ministern, Generalen und Präfekten die nothdürftig konstruirte kaiserliche Regierungsmaschine in Gang bringen zu können. Die Räder rasselten und schwirrten, die Maschine polterte und spie die von dem Prinzen schon zum voraus während seiner Meerfahrt präparirten Statuten, Edikte, Organisationen, Verordnungen, Manifeste und Befehle in ganzen Haufen nach allen Richtungen hin aus; aber dabei hatte es sein Bewenden. Die Maschine wirkte nicht. Das ganze Regieren des Prinzen war und blieb papieren und wurde, noch bevor die darauf verwandte Dinte recht trocken, Makulatur. Nach wenigen Monaten mußte der arme Schattenkaiser sich der Demüthigung unterziehen, dem Marschall Bazaine das Geständniß zu machen, daß er, der „Kaiser“, nur durch die Franzosen und mit den Franzosen regieren könne. Der Marschall übernahm es demnach, das Land zu „pacifiziren“, wie man es nannte; ferner, eine mexikanische „Nationalarmee“ zu organisiren und durch eine aus Frankreich herübergerufene Beamtenschar das Finanz- und Zollwesen zu „reguliren“; endlich den unablässig

11*

wiederholten Bestürmungen der „kaiserlich-mexikanischen" Regierung um Geldvorschüsse von Zeit zu Zeit zu entsprechen.

Der Versuch, von den Franzosen sich zu emanzipiren und eine „nationale" Partei und Regierung zu gründen, war darnach vollständig gescheitert. Die Klerikalen allerdings waren vorderhand bei Seite gestellt, allein durch diese Beiseitestellung war ja der Erzherzog der einzigen Stütze beraubt, welche er außer den Franzosen im Lande gehabt hatte.

Ebenso mißlangen nach anderen Seiten hin unternommene Versuche. Der Prinz, gerne des Ursprungs seiner Kaiserschaft vergessend — was sehr begreiflich und verzeihlich — hatte sich in dem süßen Traum einer allgemeinen Versöhnung der Parteien des Landes gewiegt und es war ihm zweifelsohne heiliger Ernst mit der Absicht, diesen Traum zu verwirklichen. Es konnte ihm hierbei nicht entgehen, daß das Schwergewicht des mexikanischen Parteiwesens bei den republikanischen Patrioten war, und diese Erkenntniß sollte sich in seiner Abwendung von den Klerikalen manifestiren. Aber die Berechnung, dadurch eine Herüberziehung der Republikaner zur monarchischen Fahne anzubahnen, schlug gänzlich fehl, und die Hoffnung des Erzherzogs, selbst Gegner wie den standhaften Juarez und den heldischen Diaz für seine Person und für das Kaiserthum zu gewinnen, erwies sich durchaus trügerisch. Wie bekannt, sind wiederholt die zuvorkommendsten Eröffnungen, die lockendsten Anerbietungen an Juarez und Diaz ergangen, aber allesammt rund und nett zurückgewiesen worden. Als es mit der Beschmeichelung und Verlockung der Republikaner nicht ging, ist dann der Prinz mit einer Plötzlichkeit, welche der Unbeständigkeit des eigenen und seiner Unkenntniß des mexikanischen Charakters entsprach, an einem unheilvollen Tage zu einem Schreckensystem hinübergesprungen, welches, wähnte er, die Männer vernichten sollte, die er nicht hatte verführen können.

Einen weiteren und sehr herben Fehlschlag erfuhr der Erzherzog in Washington. Wunderlicher Weise scheint er geglaubt zu haben, daß man dort

die Tragweite der französischen Invasion und der Aufrichtung eines bonaparte'schen Vasallenthrons in Mexiko gar nicht beachtet oder nicht erkannt hätte. Und doch mußte er Kenntniß haben von einer lakonischen aber inhaltsvollen Note, welche der Staatssekretär Seward schon unterm 7. April von 1864 an Herrn Dayton, den Gesandten der Union in Paris, gerichtet hatte, um davon der französischen Regierung Kenntniß zu geben. Diese Note hatte so gelautet: „Ich sende Ihnen eine Abschrift der Resolution, welche am 4. dieses Monats im Repräsentantenhause einstimmig angenommen worden. Sie bringt die Opposition dieser Staatskörperschaft gegen die Anerkennung einer Monarchie in Mexiko zum Ausdruck. Nach allem, was ich Ihnen schon früher mit aller Offenheit zur Information Frankreichs geschrieben habe, ist es kaum nöthig, noch ausdrücklich zu sagen, daß die in Rede stehende Resolution die allgemeine Ansicht des Volkes in den Vereinigten Staaten in Betreff Mexiko's feststellt."

Ob wohl Napoleon den Dritten beim Anblick dieser Note die Ahnung überkam, daß die in jener Dezembernacht von 1851 gemeuchelmordete Republik doch nicht umsonst ihr „Exoriare aliquis!“ in die Welt hinausgeröchelt habe?

Schwerlich! Und falls ihn diese Ahnung wirklich überkam, so konnte er sie ja kurzweg abweisen mit der Selbstberuhigung, daß Brother Jonathan dermalen nicht und wahrscheinlich überhaupt niemals im Stande sein werde, jenem Racheruf Folge zu leisten. Hatten doch gerade zur Zeit, wo Seward seine Note schrieb, die Siege des südstaatlichen Generals Lee die Sache des Sklavenbaronenthums auf den Gipfel der Hoffnung erhoben. Freilich, zum Nachdenken konnte es den Selbstherrscher an der Seine immerhin stimmen, daß das Kabinett von Washington auch jetzt, inmitten der höchsten Bedrängniß der Union durch die südstaatliche Rebellion nicht anstand, so kurz und bestimmt anzudeuten, was der napoleonische Vasallenthron in Mexiko von den Vereinigten Staaten zu erwarten habe: — Nichtanerkennung und Feindschaft.

Uebrigens hätte dieses entschlossene Festhalten am republikanischen Prinzip und an der Monroe-Doktrin von Seiten der Unionsregierung der Erzherzog auch schon daraus entnehmen können, daß der Gesandte der Vereinigten Staaten Mexiko etliche Tage, bevor er selber es betrat, verlassen hatte. Endlich konnte ihm auch nicht unbekannt sein, daß Romero, der Gesandte der Republik Mexiko bei der Union, in verschiedenen Städten derselben öffentliche Werbungen veranstaltete, daß Juarez fortwährend Zuzug von Freiwilligen aus den Vereinigten Staaten empfing und daß er, hauptsächlich auf dem Umwege über Kalifornien, von dorther mit Geld, Lebensmitteln und Kriegszeug unterstützt wurde.

Trotz alledem hatte der Prinz vom Wesen des Nordamerikanerthums so wenig eine Vorstellung, daß er wähnte, mittels einer ohne Wissen und Zuthun des französischen Marschalls beschlossenen diplomatischen Sendung nach Washington Männer wie Linkoln und Seward von ihren Prinzipien abzubringen und sich von ihnen eine

Art Anerkennung oder wenigstens die Versicherung der Neutralität der Unionsregierung zu verschaffen. Zu diesem Ende sandte er seinen Minister Arroyo nach Washington, der aber dort die Aufnahme fand, welche er erwarten mußte, nämlich gar keine. Er wurde rund und nett abgewiesen.

Der Erzherzog, von der richtigen Ueberzeugung geleitet, daß er als bloßes Werkzeug der napoleonischen Politik, als Schützling der französischen Waffen den Mexikanern niemals etwas anderes werden könnte denn eine abenteuerliche Figur einer der abenteuerlichsten Episoden ihrer abenteuerlichen Geschichte, hatte also versucht, sich zu nationalisiren, sich auf eigene Füße zu stellen, die patriotische Partei für sich gewinnen, den Argwohn und Groll der Vereinigten Staaten zu entwaffnen. Allein alle diese Versuche, Anläufe und Bemühungen waren so kläglich mißlungen, daß dem Prinzen, wollte er nicht das Klügste thun, d. h. seine Schaumgoldkrone dem nächsten besten Bettler schenken und zur süßen Muße von Miramare zurückkehren, nichts übrigblieb, als von neuem auf Gnade und Ungnade in die Arme der Franzosen sich zu werfen, welche ihm natürlich von da ab sehr deutlich fühlbar machten, wie sie von seiner Kaiserschaft im allgemeinen und von seinen Emanzipationsversuchen im besonderen dachten. Die doppelt peinliche Demüthigung, welche dies für den östreichischen Prinzen mit sich brachte, hätte er sich ersparen können, falls er sich in Betreff der Tauglichkeit, d. h. Untauglichkeit der „gemäßigten Liberalen", welche dem Kaiserthron zugefallen waren, keine Illusionen gemacht haben würde. Denn von diesem Menschenkehricht, von solchen Spülichtmenschen war schlechterdings nichts zu erwarten, ausgenommen Dummheiten und Feigheiten. Die Halblinge und Hämmlinge waren auch in Mexiko so, wie sie überall sind. Zu feig, um ganze Verräther zu sein, fanden sie sich mit ihrem Gewissen dahin ab, daß sie nur halbe sein wollten. Weil der Kaiserschwindel, von französischen Bajonetten gehalten, den Anschein einer Realität hatte, so schwindelten diese Herren Realpolitiker denselben mit, selbstverständlich mit dem stillen Vorbehalt, sofort nach dieser oder jener Seite hin abzuspringen, wo sich etwa Gelegenheit böte, einem anderen Erfolge zu huldigen, einer anderen „vollendeten Thatsache“ realpolitisch sich anzubequemen, wie das allenthalben und allzeit des liberalen Amphibienthums Natur und Kunst ist . . .

Zwischen Maximilian und Bazaine hob nun aber eine Schachpartie an, welche nur mit der Mattsetzung des ersteren endigen konnte. Der Erzherzog sträubte sich fortwährend gegen seine französischen Fesseln, welche er doch unmöglich abschütteln konnte, falls er nicht seinem Herrn und Meister in Paris das Danaergeschenk von Krone vor die Füße werfen wollte. Und das wollte er nicht, weil sich sein Stolz dagegen sträubte, nach Hause heimzukehren mit dem Geständniß, er habe die größte Don-Quijoterie des Jahrhunderts begangen.

Dem Marschall hat man allerhand nachgesagt und soviel ist gewiß, daß er während der Okkupation Mexiko's durch die Franzosen sich selber nicht vergaß. Man weiß ja, daß französische Marschälle und Generale von derartigen Unternehmungen auch noch solidere Dinge als Gloire mitheimzubringen pflegen. Bazaine war ein praktischer Mann. Er lehnte den Titel eines „Duc de Mexique“, welchen ihm der Erzherzog anbot, ab; natürlich aus purer Bescheidenheit, in welcher Tugend französische Marschälle und Generale bekanntlich von jeher groß gewesen sind. Dagegen sah er sich mit den Augen seines liebebedürftigen Herzens um unter den schöneren und schönsten Töchtern des Landes oder wenigstens der erreichbaren Gegenden und es war reiner Zufall, daß die, welche ihm als die schönste erschien, zugleich eine der reichsten oder geradezu die reichste war, eine Tochter der großen Familie La-Peña, welche im Juni von 1865 seine Frau Marschallin wurde. In Folge dieser Verbindung soll Bazaine, angeeifert durch den Ehrgeiz seiner jungen Frau, mit dem Plane sich getragen haben, den östreichischen Prinzen zu entfernen und sich selber zum König oder Kaiser von Mexiko zu machen.

Unmöglich ist das nicht. Wahrscheinlich sogar sind dem französischen Oberbefehlshaber, der ja doch, soweit die Gewalt der französischen Waffen in Mexiko reichte, thatsächlicher Gebieter im Lande war, derartige Träume der Ruhm- und Herrschsucht durch den Kopf gefahren. Aber zu einem Versuche, dieselben zu verwirklichen, ist es nicht gekommen. Wenigstens ist bislang kein Beweis von einiger Verläßlichkeit beigebracht worden, daß ein solcher Versuch wirklich stattgefunden habe. Weiterhin hatte der Marschall allem nach das Recht, über Verleumdung sich zu beklagen, wenn ihm nach dem Eintritt der mexikanischen Katastrophe leise und laut vorgeworfen wurde, er habe das Kaiserthum geradezu an die republikanischen Generale verrathen und verkauft. Freilich ist es im Interesse der historischen Wahrheit höchlich zu beklagen, daß der vielbesprochene Briefwechsel zwischen Maximilian und Napoleon noch nicht an die Oeffentlichkeit gekommen ist; denn derselbe würde ohne Zweifel manche Geheimfalte des Trauerspiels in Mexiko bloßlegen.

Allein bei jetziger Aktenlage ist, wenn man gerecht sein will, kein anderes Urtheil möglich als dieses, daß Bazaine durchweg und bis zuletzt nach seinen Instruktionen gehandelt und nur die Befehle seines Herrn, des Kaisers der Franzosen, vollzogen habe.

11.

Ein Todesurtheil, das sich Einer selber schreibt.

Die Franzosen haben behauptet — und zwar mit jener Zuversicht, womit sie derartige Behauptungen aufzustellen gewohnt sind — daß zu Anfang des Jahres 1865 die Aufgabe, welche ihnen der Wille ihres Kaisers und das Vertrauen des mexikanischen Vasallen desselben in Mexiko gestellt hatte, in umfassender Weise gelös't gewesen sei („largement accompli"). Dem Lande sei Ruhe und Friede zurückgegeben gewesen, die „nationale" Armee auf guten Grundlagen organisirt, das Verwaltungswesen neu eingerichtet und eine wirksame Kontrole hergestellt. Alle die Veranstaltungen, Organisationen und Einrichtungen der Franzosen seien aber durch die Unfähigkeit, Sorglosigkeit und Trägheit der Minister Maximilians und seiner Regierung überhaupt gelähmt, verwirrt nnd unwirksam gemacht worden.

An diesem Vorwurf ist etwas Wahres, sogar viel. Allein nicht minder wahr ist, daß die Franzosen, indem sie in Mexiko in ihrer Weise „an der Spitze der Civilisation marschirten“, d. h. nach der französischen Regierungsschablone organisirten und regierten, nur ein großes Kartenhaus von Civil- und Militärverwaltung zuwegebrachten, welches hinter ihren abmarschirenden Kolonnen sofort zusammenstürzte.

Man muß auch hervorheben, daß wahrheitsliebende Franzosen selber keineswegs nur die Regierung Maximilians oder den Prinzen persönlich für diesen Zusammensturz verantwortlich gemacht haben. So ein Franzos hat diese zwei Fragen gethan: „Trug nicht die eigentliche Schuld die französische Regierung, da sie mit ungeheuren, von der öffentlichen Meinung verabscheuten Opfern (aux prix d'énormes sacrifices repoussés par l'opinion publique) in Mexiko eine Dynastie gründen wollte und dieser Dynastie doch nur 40 Millionen aus zwei starken Anleihen zukommen ließ, während sie selber dadurch 500 Millionen sich verschaffte, welche die Dummheit geköderter und getäuschter Darleiher ihr darbot (500 millions prêtés par d'imprudents souscripteurs alléchés et trompés)? Hieß das nicht wissentlich (sciemment) ein todtgeborenes Reich in die Welt setzen?" *)

Diese vernichtenden Fragen könnten nur der Moniteur und Seinesgleichen zu verneinen wagen.

Derweil schien im Jahre 1865 noch alles gut zu gehen. Die mobilen Kolonnen der Franzosen durchzogen das weite Gebiet der Republik und nur mühsälig hielten die republikanischen Generale, im Norden insbesondere Negrete, im Süden Diaz, unter wechselnden Erfolgen noch das Feld. Die „nationale" Armee war auf 35,000 Mann gebracht und hiezu kamen 6545 Oestreicher und 1324 Bel-

*) Kératry, 88.

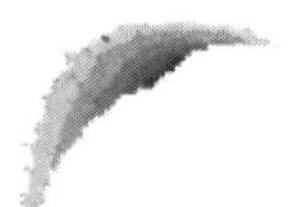

gier. So verfügte die Regierung des Erzherzogs, das französische Heer gar nicht mitgerechnet, über eine Streitmacht von 43,520 Mann mit 12,482 Pferden und einzelne kaiserliche Generale, vor allen Mejia, leisteten an der Spitze dieser Streitmacht Tüchtiges.

Allein schon war außerhalb der Gränzen Mexikos der Schicksalsschlag gefallen, welcher den Thron des östreichischen Prinzen zertrümmern sollte. Mit dem Beginne des Frühlings von 1865 neigte sich ja die Rebellion der Südstaaten ihrem Untergange zu. Am 28. März hoben Grant und Sheridan, nachdem die Rebellenarmee unter Lee den eng und enger sie umstrickenden Kreis der Unionsheere vergeblich zu durchbrechen versucht hatte, die allgemeine Vorwärtsbewegung an, welche zu der fünftägigen Schlacht bei Petersburg und Richmond führte. Der Sieg der Union war vollständig, die Vernichtung der Rebellion unbedingt und die Ermordung des Präsidenten Linkoln am 14. April durch einen Fanatiker der Sklavenjunkerei konnte dieser nur noch ein weiteres Schandmal aufdrücken.

Die große transatlantische Republik stand siegreich da und um so glorreicher, da sie gegen ihre besiegten Todfeinde eine Milde und Großmuth bewies, wie solche im ganzen Verlaufe der Weltgeschichte noch nie und nirgends vorgekommen war und wie sie dem Monarchismus eine glühende Schamröthe auf die Stirne hätte jagen müssen, falls dieser große Herr derartigen „bürgerlichen“ Anwandlungen überhaupt zugänglich wäre. Die Demokratie hatte durch diesen und in diesem Kampf eine Lebensfähigkeit und Kraft erwiesen, welche selbst ihre Freunde ihr nicht zugetraut hatten und welche ihren Feinden gewaltigen Respekt einflößte. Man brauchte, um dies zu erkennen, nur die höchst ergötzliche Gesichterverlängerung anzusehen, welche vom Nordkap droben bis zum Kap Matapan drunten bei den Rückwärtsern aller Grade und Farben sich bewerkstelligte, als die großen Siegesbotschaften nach Europa herübergelangten. In jenen Apriltagen mochte auch ein Gewisser fühlen, daß ein gewisses „Exoriare aliquis!“ doch kein leerer Schall gewesen sei. Er sollte sehr bald vollwichtige Be-

12*

weise zu Handen haben, daß der Ruf vernommen, beachtet und erhört worden war.

Man muß übrigens gestehen, daß man am pariser Hofe die ganze Bedeutung und Tragweite des Sieges der Union über die südstaatliche Rebellion verstand und zu würdigen wußte. Der imperialistische Adler ließ jetzt die Flügel merkwürdig hängen, während er dieselben ein Jahr zuvor bei Uebergabe der oben erwähnten Note Sewards hochmüthigst gespreizt hatte. Damals, im April 1864, hatte Napoleon des Dritten Oberkommis für die auswärtigen Angelegenheiten, Monsieur Drouyn de Lhuys, den amerikanischen Gesandten vom hohen Roß imperialen Allmachtgefühls herab gefragt: „Wollen Sie Frieden oder Krieg?“ Ganz so, als wollte der Herr Oberkommis sagen: Einen Krieg mit euch Yankees sehen wir für ein Ding an, das man so nebenbei abmacht. Nun aber, Anno 1865, machte schon die Möglichkeit dieses Dinges ein so drohendes Gesicht, daß die Tuilerienpolitik gerathen fand, schleunigst von dem erwähnten hohen Rosse herabzusteigen und klein, sehr klein beizugeben.

Im „Palacio imperiale“ zu Mexiko war man weit weniger gut über die Bedeutung des Triumphes der Union unterrichtet. Ja, man wähnte, daß von dorther für das mexikanische „Kaiserthum“ gar nichts zu besorgen sei. Dies thut unwiderleglich dar, daß die Illusionen des östreichischen Prinzen zu dieser Zeit noch in voller Blüthe standen und daß diese Illusionen unendlich viel länger waren als sein Verstand. Zu seiner Entschuldigung darf und muß jedoch gesagt werden, daß gegen den Herbst von 1865 hin die Lage des Republikanismus in Mexiko eine ganz verzweifelte zu sein schien. Eine so verzweifelte, daß der Erzherzog bei seiner Unkenntniß des mexikanischen Volkscharakters wohl der Täuschung sich überlassen konnte, jeder nennenswerthe Widerstand gegen seine Kaiserschaft sei zu Ende, und es handle sich nur noch darum, den Ueberresten der „Dissidenten“, den etwa noch widerstrebenden „liberalen“ Elementen energisch den Meister zu zeigen. Alle Hauptstädte und Häfen des weiten mexikanischen Gebietes befanden sich ja, nur wenige ausgenommen, in den Händen der Franzosen und

der „Kaiserlichen“. Französische Kolonnen waren sogar bis nach dem entlegenen Chihuahua vorgedrungen, wo der Präsident Juarez und seine Wanderregierung ein Asyl gefunden hatten. In Folge dieser Okkupation hatte der Präsident nach Paso del Norte entweichen müssen, dem in nordöstlicher Richtung äußersten Gränzort Mexiko's am Rio Grande, jenseits dessen das Gebiet der Vereinigten Staaten anhebt. Es hieß sogar, Juarez habe den mexikanischen Boden ganz verlassen, was jedoch unwahr.

Der Erzherzog glaubte es aber und hielt seine Herrschaft jetzt für eine unbestrittene. Er wußte nicht, daß Juarez auch vom äußersten Gränzorte aus seinen Widerstand mit ungebrochener Zähigkeit fortsetzen und daß die republikanische Fahne bald wieder da und dort im Felde flattern würde. So beschloß er denn, die eine Hand versöhnlich gegen die „Liberalen“ auszustrecken, zugleich aber die andere drohend zu erheben. Der Prinz versammelte demnach seinen Ministerrath und legte demselben ein Dekret vor, welches, wähnte er, zugleich beruhigend und vernichtend wirken sollte. Im Eingange dieses Aktenstückes war gesagt, daß der „Kaiser“ alle redlichen und tüchtigen Männer des Landes um sich zu versammeln wünsche und daß er zum Beweise dessen dem Benito Juarez den Vorsitz im höchsten Gerichtshofe anbieten wolle. Dann schlug aber der milde Mollton plötzlich in die brutalste Durtonart um. Die Republikaner, d. h. die rechtmäßigen Vertheidiger des Bodens ihres Vaterlandes gegen eine demselben mit unerhörter Perfidie auferlegte Invasion und Usurpation, wurden ohne Weiteres zu „Banditen, Straßenräubern und Verbrechern“ gemacht und für „vogelfrei und außerhalb des Gesetzes stehend“ erklärt, die republikanischen Harste als „Banden“ bezeichnet. Jedes ergriffene Mitglied einer solchen „Bande“ sollte unerbittlich zum Tode durch Erschießen verurtheilt und dieses Urtheil binnen 24 Stunden vollzogen werden.

Dies ist das berüchtigte Dekret vom 3. Oktober 1865. Der Erzherzog hat es mit eigener Hand vom ersten bis zum letzten Buchstaben geschrieben und hat sich damit sein eigenes Todesurtheil geschrieben.

Der Krieg war schon bislang mörderisch genug geführt worden, wenigstens von Seiten der Franzosen und der „Kaiserlichen“, welche in wahrhaft barbarischer Weise ihre republikanischen Gefangenen als „Banditen“ behandelten, während — es ist eine unbestrittene und unbestreitbare Thatsache — bis dahin Juarez und die meisten seiner Generale ihre französischen und „kaiserlichen“ Gefangenen mit großer Milde und Menschlichkeit behandelt hatten.

Die sämmtlichen Minister des Erzherzogs unterfertigten nach ihm das verhängnißvolle Dokument. Allein diese Herren haben nachmals Sorge getragen, zu verhüten, daß die Wucht des Morddekrets auch sie erdrückte; sie haben sich nämlich bei Zeiten aus dem Staube gemacht und nach Frankreich gerettet. Der Marschall Bazaine hat, wenn man französischen Quellen glauben darf, seine Einwilligung zu dem Blutmanifest nur zögernd und widerwillig gegeben. Gewiß ist, daß er die Ausführung des Dekrets nicht hinderte, sondern energisch förderte. Zu Dutzenden, zu Hunderten sind mexikanische Republikaner diesem grausamen Erlasse zum Opfer gefallen. Erbarmungslos wurden den Vorschriften desselben gemäß die beiden gefangenen republikanischen Generale Salazar und Arteaga erschossen, vielbetrauerte Märtyrer für die Unabhängigkeit ihres Landes. Warum haben die gefühlvollen Knechteseelen in Europa, welche ein so wüthendes Gezeter erhuben, als das Dekret vom 3. Oktober auf seinen Verfasser zurückfiel, nicht auch diese Standrechtsschüsse gehört? Sind Männer, welche in der Erfüllung heiligster Pflichten sterben, etwa weniger beklagenswerth als ein ehrgeiziger Romantiker, auf welchen ein von ihm selbst geschleuderter Stein zurückprallte? Der Prinz war ja ein Stück von einem Poeten und ein Kenner der poetischen Literatur. Wohl ihm, wenn ihm, als er sich hinsetzte, sein blutig Edikt zu verfassen, der Warnungsruf der genialsten deutschen Dichterin zu Sinne gekommen wäre: —

„Wirfst du den Stein, bedenke wohl,
Wie weit ihn deine Hand wird treiben!“

Das Oktoberdekret, welches den Republikanismus förmlich ächtete, rief in den Vereinigten Staaten einen allgemeinen Wuthschrei hervor und hat natürlich nicht wenig dazu beigetragen, daselbst den Kredit des Präsidenten Juarez zu erhöhen, so daß er zu dieser Zeit in New-York eine mexikanische Anleihe von 30 Millionen Dollars machen konnte; sowie nicht weniger dazu, seiner Fahne immer mehr nordamerikanische Freiwillige zuzuführen, und endlich dazu, das Kabinett von Washington zu energischem Auftreten zu treiben.

Der Gang der Nemesis, gewöhnlich ein sehr langsamer und hinkender, hier war er einmal rasch und fest.

Der Präsident Johnson und seine Minister vermochten natürlich unschwer zu erkennen, daß der unbequeme und anmaßliche Kaiserschwindel in Mexiko verschwinden müßte, sobald die französische Armee aus dem Lande verschwunden sein würde. Hierauf richteten sie also ihr nächstes Absehen. Die Regierung von Washington hatte aber zum Vorgehen gegen die Okkupation Mexiko's durch die Franzosen noch ein zweites mächtiges Motiv. Sie wollte

Napoleon den Dritten sein feindseliges Verhalten gegen die Union zur Zeit ihrer Bürgerkriegsbedrängniß büßen lassen; wollte ihm zeigen, daß er nicht ungestraft davon geträumt haben sollte, einen Todesstoß in das Herz des Republikanismus zu thun; wollte endlich mittels des Umsturzes von Maximilians Thron nicht allein dem Bonapartismus eine bittere Demüthigung bereiten, sondern auch der französischen Eitelkeit und Ueberhebung eine eindringliche Lektion geben.

Schon am 6. Dezember von 1865 stellte der Staatssekretär Seward dem aus Mexiko nach Washington versetzten und am ersteren Orte durch einen Herrn Dano ersetzten französischen Gesandten Montholon eine Note zu, worin bestimmt erklärt war, daß die französische Intervention und Invasion in Mexiko ein Ende nehmen müsse, weil mit den Prinzipien der Vereinigten-Staaten-Politik in keiner Weise vereinbar. Schon am 9. Januar von 1866 gab der früher so patzige Oberkommis Drouyn de Lhuys die demüthige Antwort: „Die französische

Regierung ist bereit, die Rückberufung ihrer Truppen aus Mexiko nach Möglichkeit zu beeilen."

Man hatte sich also in den Tuilerien entschlossen, den verhaßten Yankees unbedingt ihren Willen zu thun und das unter dem Gelärm aller Trompeten und Pauken des Chauvinismus in Scene gesetzte mexikanische Abenteuer aufzugeben. Gut soweit. Man hatte eine kolossale Dummheit begangen und sah sich nun in der Lage, diese Dummheit, obzwar unter allerlei Verblümungen und Verkleisterungen, eingestehen zu müssen. Dummheiten zu machen, wenn auch nicht gerade so kolossale und so kostspielige, kann jedermann passiren, und es ist daher keine übergroße Schande, zu bekennen, daß man dumm gewesen. Aber was ist zu der folgenden Thatsache zu sagen?

Zur Zeit, als der Tuilerienhof bereits entschlossen war, das mexikanische Abenteuer aufzugeben, erhielt der Erzherzog immer noch Briefe vom Kaiser der Franzosen, worin ihm derselbe bestimmte Verheißungen wirksamer Unterstützung machte, und diesen Briefen folgten andere auf dem Fuße nach, welche, von der französischen Regierung an ihre Agenten in Mexiko gerichtet, diese Unterstützung untersagten und namentlich verboten, dem armen Schattenkaiser Geldvorschüsse zu machen, ohne die er doch schlechterdings nicht existiren konnte, wie man in Paris ganz gut wußte*).

Kein Zweifel, zur Zeit, als Napoleon der Dritte noch immer Hilfeverheißungsbriefe an den Erzherzog schrieb, war der mexikanische Kaiserschwindel in den Tuilerien bereits aufgegeben. Wie heißt es doch beim alten Cicero? „Ubi facta loquuntur, non opus est verbis.“

Freilich, dieser rücksichtslose Brother Jonathan da drüben hatte nun einmal die vertrakte „Notion“, daß mit dem widerwärtigen Schwindelding in

*) „Pourquoi donc des lettres de l'empereur Napoléon à Maximilien, qui contenaient sanc cesse des promesses directes de concours efficace, étaient-elles constamment precédées ou suivies d'ordres de ses ministres, interdisant aux agents français les avances financières“. Kératry, 105. Im Uebrigen steht fest, daß die Regierung Maximilians redlich sich bemühte, ihren pekuniären Verpflichtungen gegen Frankreich nachzukommen, und sie ist denselben im Ganzen auch wirklich gewissenhaft nachgekommen.

Mexiko rasch aufgeräumt werden müßte. Quer das, sehr quer für den „Neffen des Onkels", welchen die feige Niedertracht der Alten Welt seit 14 Jahren in einen solchen Allmachtdusel hineingespeichelleckt hatte, daß er gewähnt, er werde auch der Neuen Welt nur so nebenbei und zu seinem Privatvergnügen seine Träume als Gebote auferlegen können. Um die Unpopularität des mexikanischen Unternehmens in Frankreich hätte sich Napoleon der Dritte keinen Pfifferling gekümmert und auch nicht zu kümmern gebraucht, wohl wissend, daß die Mode des „Ruere in servitium" unter den Franzosen noch für einige Zeit vorhalten würde. Aber Brother Jonathan sagte: Fort mit den Frenchmen aus Mexiko, kalk'lir' ich! und die Frenchmen gingen ....

In der diplomatischen Sprache machte sich das allerdings höflicher, jedoch nicht eben viel. Am 12. Februar von 1866 richtete Herr Seward an den französischen Gesandten zu Washington wiederum eine Note, worin dem Tuilerienhof höchst unliebsame Wahrheiten gesagt wurden. Z. B.: „Ich muß dabei beharren, daß, welche Absichten und Gründe

Frankreich dazu gehabt haben mag, die von einer gewissen Klasse von Mexikanern zum Sturze der republikanischen Regierung und zur Aufrichtung eines Kaiserthrons angewandten Mittel in den Augen der Vereinigten Staaten als ohne die Autorisation des mexikanischen Volkes ergriffen und gegen den Willen und die Meinung desselben in Ausführung gebracht betrachtet werden müssen." In diesem Tone ging es fort bis zum Schlusse, wo dann erklärt wurde, die Union erwarte des Bestimmtesten, daß „der Kaiser der Franzosen sofort mit Bestimmtheit erklären werde, die Thätigkeit seiner Armee in Mexiko einstellen und dieselbe nach Frankreich zurückrufen zu wollen, ohne irgend eine Stipulation oder Bedingung von ihrer (der Union) Seite (sans ancune stipulation ni condition de notre part)." Und als ob dieses noch nicht deutlich genug wäre, wurde die Wermuthsdosis noch verdoppelt, indem Seward kundgab: „Es ist die Ansicht des Präsidenten (Johnson), daß Frankreich die versprochene Heimberufung seiner Truppen nicht um einen Augenblick verzögern darf (n'a que faire de retarder d'un instant la retraite promise)." Endlich forderte noch die Note von Frankreich die bestimmte Zeitangabe („l'avis définitif de l'époque") dieser Heimberufung.

Der Tuilerienhof hatte sich beeilt, diesen Forderungen theilweise noch zuvorzukommen. Denn schon unterm 14. Januar hatte Monsieur Drouyn de Lhuys an den französischen Gesandten in Mexiko geschrieben: „Unsere Okkupation muß ein Ende nehmen und wir müssen uns ohne Verzug darauf vorbereiten (il faut que notre occupation ait un terme, et nous devous nous y préparer sans retard). Es ist der Wunsch des Kaisers, daß die Räumung gegen den nächsten Herbst zu beginnen könne." Am folgenden Tage schrieb der Minister abermals und faselte die Kreuz und die Quer von der Fürsorge der französischen Regierung für das glorreiche Werk, das sie unternommen und von ihrer Sympathie für den Kaiser Maximilian („le gouvernement de l'empereur, dans sa sollicitude pour l'oeuvre glorieuse dont il a pris l'initiative et dans sa sympathie pour l'empereur Maximilien").

Hart neben diesem albernen Gerede von dem „glorreichen Werk“, das man so unglorreich aufzugeben im Begriffe war, stand aber doch das Bekenntniß, es sei „für eine sich bildende Regierung der gefährlichste aller Vorwürfe, nur durch fremde Truppen gehalten zu werden.“ Ganz richtig! Aber warum war denn der Tuilerienhof in den Besitz dieser Wahrheit und Weisheit jetzt erst gelangt, jetzt erst, nachdem das Kabinett von Washington erklärt hatte, es könne und werde die „fremden Truppen“ nicht mehr länger in Mexiko dulden?

Wie verhielt sich sodann die kundgegebene Absicht der französischen Regierung, das mexikanische Unternehmen möglichst rasch fallen zu lassen, zu den Bestimmungen des Vertrags von Miramare, welche dem „Kaiser“ Maximilian auf so und so lange die Unterstützung Frankreichs zusicherten? Oh, darüber brauchte man sich weiter keine Skrupel zu machen. Man hatte ja die berühmte Fabel von dem Lamm, welches dem Wolfe das Wasser trübt, als Vorbild zur Hand. Der arme Maximilian mußte an allem schuldsein. Schon in seiner Depesche vom **14.** Januar hatte der französische Minister diesen Ton angeschlagen, indem er schrieb, es sei festgestellt, daß „der Hof von Mexiko ungeachtet seines guten Willens in der anerkannten Unmöglichkeit sich befände, die Bedingungen von Miramare fürder zu erfüllen", d. h. die französischen Truppen zu bezahlen.

Dies war das Präludium zur Zerreißung des Vertrags von Miramare durch den Tuilerienhof, welcher, streng genommen, formell dazu nicht ganz unberechtigt war, aber doch wohl wissen mußte, daß jener Vertrag ihm eine moralische Verpflichtung auferlegt hatte, von welcher nichts, aber auch gar nichts ihn entbinden konnte als das „Car tel est notre plaisir", welches der Mächtige dem Hilflosen zuherrscht.

Um den Riß weniger kreischend zu machen, d. h. die Einwilligung des Erzherzogs zur Beseitigung des plötzlich so unliebsam gewordenen Vertrags zu erhalten, wurde im Januar von 1866 der Baron Saillard nach Mexiko geschickt, mußte aber unverrichteter Dinge nach Europa zurückkehren. Maximilian konnte dem Begehren Napoleons unmöglich entsprechen und sandte, seine Weigerung zu begründen, ein vertrauliches Schreiben an den Kaiser der Franzosen, dessen Ueberbringer der General Almonte war.

Der arme Schattenkaiser erwartete von dieser Sendung einen Erfolg, von welchem schon gar keine Rede mehr sein konnte. Sehr begreiflich aber, daß er noch hoffte, weil er von Seiten des Tuilerienhof über dessen eigenes fatales Mißverhältniß zu den Vereinigten Staaten ganz und gar im Dunkeln gelassen wurde. Noch zu Ende Mai's wußte der Erzherzog nichts davon, daß Napoleon sich hatte entschließen müssen, vor dem Willen der Union die französische Flagge in Mexiko zu streichen. Beweis für dieses sein Nichtwissen ist der Brief, welchen der Prinz am 28. Mai zu Chapultepek an Bazaine schrieb, als er erfahren hatte, daß Juarez aus Paso del Norte nach Chihuahua zurückgekehrt sei, welche Stadt nach dem Abzuge der Franzosen sofort dem Präsidenten wieder ihre Thore aufgethan hatte.

13*

Mit der Naivetät eines Kindes und der leicht-erregbaren Phantasie eines Poeten schrieb der Erzherzog an den Marschall: „Ganz unzweifelhaft liegt es nicht weniger im Interesse Ihres glorreichen Souverains, meines erhabenen Bundesgenossen, des Kaisers Napoleon, als in dem meinigen, den Anmaßlichkeiten des Kabinetts von Washington ein Ende zu machen (de mettre un terme aux prétentions du cabinet de Washington) und zwar dadurch, daß man den Juarez aus seiner letzten Hauptstadt vertreibt." Er wähnte also, sein „erhabener Bundesgenosse" würde mit ihm zusammen gegen das Sternenbanner angehen. Armer Poet!

12.

Die Fahrt in den Wahnsinn.

Mit dem Beginne des Jahres 1866 konnte sich in Mexiko kein sehender und hörender Mensch mehr darüber täuschen, daß es mit dem Kaiserschwindel rasch abwärts ging. Alles Deliberiren, Dekretiren und Ediktiren im „Palacio imperiale“ half nichts. Die republikanische Fahne erschien überall wieder im Felde und in demselben Verhältnisse, in welchem die Franzosen aus den entfernteren Landschaften sich zurückzogen und gegen die Hauptstadt hin sich zusammenzuscharen begannen, schritt die „Rebellion“, d. h. der neubelebte rechtmäßige Widerstand gegen die fremde Usurpation ebenfalls gegen jenen Centralpunkt hin vor.

Den Streitern für die Unabhängigkeit ihres

Landes kam es sehr zu statten, daß ihre Gegner unter einander in ewigem Genörgel und Gezänke lagen. Die Franzosen wurden auch von ihren Verbündeten, den „Kaiserlichen", geradezu gehaßt. Die östreichischen Fremdenlegionäre verstanden sich nicht mit den belgischen und beide zusammen weder mit den „Kaiserlichen" noch mit den Franzosen, welche letzteren natürlich die allgebietenden Herren spielten, spielen konnten und auch wohl spielen mußten, wenn das Lotterwerk von Kaiserthum überhaupt noch einigermaßen zusammenhalten sollte.

Das Verhältniß des Erzherzogs zu dem französischen Oberbefehlshaber, von Anfang an und seiner Natur nach das unerquicklichste von der Welt, mußte an Verbitterung von Tag zu Tag, von Stunde zu Stunde zunehmen, besonders von da ab, als der Marschall in Kenntniß gesetzt war, daß man in Paris den Entschluß gefaßt habe, den mexikanischen Kaiserschwindel fallen zu lassen. Bazaine erfuhr das zunächst in mittelbarer Weise und zwar dadurch, daß, als er zu Anfang Februars von

1866 dem Bitten und Betteln der „kaiserlich“-mexikanischen Regierung um einen Geldvorschuß noch einmal willfahrt hatte, der Tuilerienhof ihm seine Mißbilligung und die Weisung zukommen ließ, fürder kein Geld mehr herzugeben. Die Folge davon war, daß ganze Bataillone der „kaiserlichen“ Armee aus Mangel an Sold und Brot sich auflös'ten und zu den Republikanern überliefen. Es wurde dem Marschall zur gleichen Zeit von Paris aus zur Pflicht gemacht, die Mitwirkung der französischen Armee zur Aufrechthaltung des Kaiserthrons nach und nach einzustellen. Schon zu Ende Januars 1866 erhielt er von Hause die Weisung: „Sie haben sehr klug gehandelt, daß Sie Ihre Truppen zwischen San Luis, Aguas-Calientes und Matehuala zusammenzogen. Unsere militärische Rolle (in Mexiko) muß nachgerade aufhören. Der Klagen Maximilians ungeachtet wollen wir nicht einen einzigen Soldaten mehr hergeben.“

Diese „Klagen“ des Erzherzogs waren zugleich Beschwerden über den Marschall, welche gar reichlich in den Tuilerien einliefen. Ob Bazaine wohl nichts davon erfuhr, daß ihn „Los Emperadores“ bei seinem Kaiser verklagten, während sie im persönlichen und schriftlichen Verkehr von Artigkeit und sogar von „Freundschaft“ gegen ihn förmlich überflossen? Das ist schwerlich zu glauben. Man wird wohl nichts verabsäumt haben, was den Marschall instandsetzen konnte, sein Gebaren so einzurichten, daß es dazu mitwirken müßte, den Erzherzog „zu extremen Entschlüssen zu treiben“, welche der Tuilerienhof schon zu Ausgang Mai's von dem Prinzen erwartete. Unter diesen extremen Entschlüssen („des résolutions extrêmes“) verstand Napoleon der Dritte zweifelsohne den nächstliegenden Entschluß des Erzherzogs, die verzweifelte Kaiserschwindelpartie aufzugeben, „seinem erhabenen Bundesgenossen“ das Danaergeschenk von Rauschgoldkrone vor die Füße zu werfen und heimzugehen. Der Kaiser der Franzosen hätte es sich schon gefallen lassen, wenn es dabei auch nicht allzu höflich und etikettisch hergegangen sein würde. Wäre es doch noch immer die wohlfeilste Manier gewesen, aus dem nachgerade zu einem furchtbaren

Skandal ausschlagenden mexikanischen Unternehmen rasch herauszukommen.

Allein Maximilian war doch nicht ganz so, wie ihn Bazaine seinerseits in seinen Depeschen an den Franzosenkaiser abmalte, — nicht lichtbildlich abmalte, bewahre! sondern so, daß man in den Tuilerien auf die Idee kam, dieser östreichische Prinz ließe sich alles bieten und würde und müßte am Ende aller Enden froh sein, wenn man die Rücksicht gegen ihn so weit triebe, daß ihm die Möglichkeit offen gehalten würde, mit heiler Haut aus diesem verwünschten Mexiko herauszukommen. Aus diesem verwünschten Mexiko, welches dem bonaparte'schen „Car tel est notre plaisir" eine so häßliche Nase gedreht hatte.

Allerdings, mit „extremen Entschlüssen" hat sich der Erzherzog zu dieser Zeit getragen, nur mit anderen, als sein „erhabener Bundesgenosse" voraussetzte und wünschte. Eines Tages ist ihm nach einer unliebsamen Scene mit Bazaine das Wort entfahren: „Quält man mich zu sehr, so stecke ich meine Krone in die Tasche und lasse mich zum Präsidenten wählen.“ Der Unglückliche trug sich demnach mit dem Wahn, er könne nur so aus dem Kaiserthum in die Republik hinüberspringen. Er vergaß ganz und gar, daß es für die mexikanischen Republikaner eine bare Unmöglichkeit, das Werkzeug Napoleons des Dritten als ihr Oberhaupt anzuerkennen.

Es untersteht keinem Zweifel und erklärt sich auch ganz deutlich aus den Umständen, daß der Erzherzog mälig dazu gekommen war, die Franzosen zu hassen, tüchtig zu hassen, nur um so tüchtiger sie zu hassen, je mehr er fortwährend auf ihren Beistand angewiesen war und blieb. Stand es doch im Juli von 1866 mit der „kaiserlichen“ Regierung so jammerhaft, daß bei der gänzlichen Unfähigkeit seiner halbliberalen Minister Maximilian sich entschließen mußte, die beiden Franzosen Osmond und Friant ins Ministerium zu berufen, um die aus Rand und Band gehende Regierungsmaschine wieder einigermaßen einzurenken, zu flicken und zu kalfatern. Natürlich konnte das den beiden Franzosen beim besten Willen auch nicht gelingen und doch wäre dies Gelingen gerade jetzt um so dringender vonnöthen gewesen, als die republikanischen Angriffsstöße auf das wackelige Ding von Kaiserthum an Kraft und Wucht zunahmen, insbesondere durch die drohenden Operationen der beiden republikanischen Generale Eskobedo und Kortina gegen den „kaiserlichen“ Mejia. Dennoch hielt Maximilian aus und es war keine Phrase, sondern ein aufrichtiger Entschluß, als er um diese Zeit öffentlich die Aeußerung that: „Ich will das Heil Mexiko's; die Kraft mag mir versagen, der Wille wird es nie!“

Aber was hatte dieser Wille „zum Heile Mexiko's“ vermocht? Nichts. Was vermochte er noch? Nichts mehr. Zu Ausgang Juli's erfuhr der Erzherzog, daß die Sendung Almonte's vollständig gescheitert war. Der langen Antwortsnote, welche das Tuilerienkabinett auf die Darlegungen und Bitten von Seiten Almonte's ergehen ließ, kurzer Sinn war dieser, daß dem armen Schattenkaiser jetzt plötzlich erklärt wurde, die französische Okkupation Mexiko's müsse aufhören und es würde dem Marschall Bazaine der Befehl zugehen, die Armee mit aller möglichen Beschleunigung in die Heimat zurückzuführen und dabei nur auf die militärische Konvenienz und auf die technischen Fragen Rücksicht zu nehmen, über welche die Entscheidung ihm allein zustände („nous prescririons au maréchal Bazaine de procéder, avec toute la diligence possible, au rapatriement de l'armée, en ne se tenant compte que des convenances militaires et des considérations techniques dont il serait le seul juge").

Freilich war das vorerst nur bedingter Weise hingestellt und angedroht, aber gerade hierin lag eine unqualifizirbare Perfidie. Die französische Regierung handelte unter dem Drucke des Kabinetts von Washington, welches durch seinen Gesandten in Paris unabläßig wiederholen ließ: „Macht, daß ihr aus Mexiko fortkommt!" alle Veranstaltungen von Seiten Frankreichs nach jener Richtung hin argwöhnisch überwachte und auch in Wien zu bemerken gab, daß es die Absendung von Verstärkungen für die östreichische Legion in Mexiko nicht dulden würde. Napoleon der Dritte und seine Minister-Kommis hüteten sich aber wohl, dem Erzherzog zu sagen, daß man ihnen und wer ihnen befohlen habe, in Mexiko nicht länger „an der Spitze der Civilisation zu marschiren“. Das hätte ja eingestehen heißen, daß es denn doch noch etwas Mächtigeres gäbe als das bonaparte'sche „Prestige“ und etwas Prächtigeres als den napoleonischen „Stern“. Das böse Lamm mußte also dem frommen Wolfe das Wasser getrübt haben. In rauhen, um nicht zu sagen rohen Ausdrücken wurde dem armen Schattenkaiser vorgeworfen, daß er seinen finanziellen Verpflichtungen gegen Frankreich nicht nachgekommen sei, und deßhalb betrachte Napoleon auch seinerseits den Vertrag von Miramar als nicht mehr bestehend.

Die Wahrheit ist aber, daß der östreichische Prinz mit größter Gewissenhaftigkeit jenen Verpflichtungen nachgekommen war und daß seine Regierung zur Stunde, wo ihm der zerrissene Vertrag von Miramare vor die Füße geworfen wurde, dem französischen Staatsschatze nicht mehr schuldete, als etwa 400,000 Francs, also eine wahre Bagatelle, um welcher willen ein solches Geschrei zu erheben wahrhaft lächerlich war. Ruft man sich noch dazu ins Gedächtniß zurück, daß Maximilian und seine Regierung von den Hunderten von Millionen der verschiedenen „mexikanischen Anleihen" nicht mehr als 48 Millionen erhalten haben, so liegt die klägliche Hinfälligkeit der finanziellen Argumente, womit der Tuilerienhof dem von ihm in die Welt gesetzten mexikanischen Kaiserschwindel zu Leibe ging, offen am Tage.

Warum hat denn die napoleonische Regierung nicht zu dem Erzherzog gesagt: „Die Union will weder deinen noch überhaupt einen Thron in Mexiko und wir wollen dich und deinen Thron nicht gegen die Yankees schützen, weil wir es nicht können" —? Warum hat sie, statt diese ehrliche Sprache zu führen, zu den jämmerlichsten Finanzkniffen und Gläubigerpfiffen gegriffen, um den Schattenkaiser zu vermögen, das zu thun, was sie von ihm haben wollte, d. h. seine Thronentsagung und Heimreise? Die Antwort ist leicht zu finden. Der Tuilerienhof that so, weil er seinen Hochmuth nicht so weit beugen wollte, einzugestehen, daß die ganze mexikanische Windbeutelei eine kolossale Dummheit, ein toller Rechnungsfehler gewesen sei; er that so, weil er sich schämte, zu bekennen, daß er sehr pressirt sei, den ganzen Schwindel fahren zu lassen und zwar auf das Kommando von Seiten der Union; und endlich that er so, weil er, das Verderben Maximilians nach dem Abzuge der Franzosen voraus-aussehend, dennoch das Odium, dieses Verderben verschuldet zu haben, nicht auf sich laden wollte.

Die krummen Wege führen aber doch auch nicht immer und überall an das Ziel.

In seiner Antwort auf die durch Almonte in Paris vorgebrachten Wünsche und Bitten des Erzherzogs forderte das französische Kabinett statt des Vertrags von Miramare, welchen es mit Füßen trat, barsch einen neuen, dessen Hauptbestimmung sein müßte, daß die Hälfte der Hafenzolleinnahmen von Veracruz und Tampiko, also die letzten Hilfsmittel der „kaiserlich“ mexikanischen Regierung, fürder unmittelbar in die französische Staatskasse fließen sollte. Man wußte in Paris, daß dies dem mexikanischen „Kaiserthum“ seinen letzten finanziellen Halt entziehen würde; aber das wollte man ja gerade. Wollte der Erzherzog diesen neuen Vertrag nicht annehmen, so sollte Bazaine die französische Armee möglichst rasch einschiffen und den Prinzen seinem Schicksal überlassen.

Auf den persönlichen Untergang Maximilians hatte man es selbstverständlich in Paris nicht abgesehen. Im Gegentheil, man hoffte ihn zu retten, indem man ihm keine andere Wahl ließe als diese, mit der abziehenden französischen Armee ebenfalls abzuziehen. Allein der Rechenkünstler in den Tuilerien verrechnete sich abermals. Er kannte den Romantiker, mit dem er zu thun hatte, wenig.

Der erste Schreckensschlag, den die Willensmeinung Napoleons im „Palacio imperiale“ that, schien freilich alle romantischen Dünste zerstreuen und dem Erzherzog das Vollgefühl seiner verzweifelten Lage geben zu wollen. Er äußerte, wie wohl bezeugt ist: „Ich bin geprellt (joué!). Es bestand eine förmliche Uebereinkunft (une convention formelle) zwischen dem Kaiser Napoleon und mir, ohne welche ich den Thron niemals angenommen hätte. Diese Uebereinkunft garantirte mir unbedingt (me garantissait absolument) die Unterstützung durch französische Truppen bis zum Ende des Jahres 1868".

Maximilian sprach die Wahrheit, aber mit der Wahrheit kommt man bekanntlich nicht weit in der Welt.

Wäre er nur seinem richtigen Instinkte gefolgt, der ihn antrieb, am 7. Juli seine Rauschgoldkrone abzuthun. Schon hatte er die Feder eingetaucht, um seine Thronentsagung niederzuschreiben, als eine Frauenhand seine Hand zurückhielt, die Hand der Erzherzogin, welche dem Kaiserintraum unlieber entsagte als ihr Gemahl dem Kaisertraum.

Das war nun gerade so, als hätte die übelberathene Charlotte das Todesurtheil, welches Maximilian am 3. Oktober von 1865 sich selber geschrieben hatte, ihrerseits jetzt mitunterzeichnet.

Der Ehrgeiz dieser Frau griff nach einem Stroh-

halm, griff zu dem Wahne, es würde und müßte ihr gelingen, den „erhabenen Bundesgenossen“ umzustimmen, so sie persönlich vor ihm erschiene. Man müßte darüber auflachen, wenn es nicht zum Weinen wäre.

Die Erzherzogin wußte ihren Gemahl für ihre Absicht zu stimmen und zu gewinnen, für die Absicht, unverweilt nach Europa zu gehen, um in Paris und in Rom zu unterhandeln, d. h. zu bitten. Napoleon sollte nicht nur das Verbleiben der französischen Armee in Mexiko, sondern auch eine Verstärkung derselben bewilligen, sodann den Marschall Bazaine durch eine handlichere Persönlichkeit ersetzen und endlich ein Darleihen von 36 Millionen gewähren. Der Papst sollte um ein Konkordat angegangen werden, welches die Rechte des Klerus sicherstellte, zugleich aber auch den Inhabern der eingezogenen und veräußerten Kirchengüter Beruhigung gewährte. Würde die Erzherzogin weder in Paris noch in Rom zum Zwecke gelangen, so sollte der Erzherzog die Krone niederlegen, um seiner Frau nach Europa zu folgen.

Am 9. Juli reis'te die Prinzessin aus Mexiko ab. Um das Reisegeld zu beschaffen, hatte man einen kühnen Griff thun müssen, wie sie zu seiner Zeit der fromme Miramon in der Uebung gehabt, einen Griff in das Gemeingut der Hauptstadt, in die sogenannte „Wasserkasse", wo die zur Unterhaltung der städtischen Dämme bestimmten Gelder deponirt waren.

Während die Erzherzogin auf dem Meere schwamm, setzte der Erzherzog sein Regieren fort, wie es eben gehen, d. h. nicht gehen wollte. Die Republik und ihre rechtmäßige Regierung gewannen von Tag zu Tag, von Stunde zu Stunde wieder mehr Boden. Ihre berittenen Guerrilleros durchstreiften alle Provinzen und ein besonders schwerer Schlag für das „Kaiserthum" war es, daß sein bester General Mejia die Stadt Matamoros unwiederbringlich an Eskobedo verlor. In Oaxaka ließ Diaz, in Michoakan Regules das republikanische Banner siegreich wehen. Im August kam Maximilian auf den geradezu närrischen Einfall, seiner Sache dadurch aufzuhelfen, daß er

14*

das „ganze Reich“ in Belagerungszustand erklären wollte. Bazaine jedoch weigerte sich, zu einer Sache die Hand zu bieten, welche ebenso gehässig war als lächerlich, weil unmöglich. Im „kaiserlichen“ Ministerium war ein beständiges Kommen und Gehen. Die beiden Franzosen Osmont und Friant mußten im September auf Befehl Napoleons aus dem Kabinette treten. An die Stellen der einheimischen halbliberalen Nullen kamen hierauf klerikale und übernahm der Pfäffling Larez die Ministerpräsidentschaft. Dieses Hin- und Herrutschen der Ministersessel war natürlich nur eine eitle Posse. Die Entscheidung über das Schicksal des „Kaiserthums“ lag nirgends weniger als in dem „kaiserlichen“ Kabinett. Als am 1. Oktober die „kaiserliche“ Kasse außer Standes war, den Ansprüchen der Franzosen Genüge zu thun, nahmen diese das Zollamt von Veracruz in Besitz, um die Hafenzölle fortan für ihre eigene Rechnung zu erheben. Die vorgefundenen und annexirten Kassenbestände waren aber nicht bedeutend, denn die Mehrzahl der Beamten hatte sich mit ihren Kassen fortgemacht, um die Gelder an Juarez abzuliefern...

Derweil war die Erzherzogin von einem furchtbaren Verhängniß ereilt worden.

Die Kunde von ihrer unerwarteten Ankunft in Frankreich — sie stieg am 10. August von 1866 zu St. Nazaire an's Land — bereitete dem französischen Hof eine bittere Verlegenheit. Napoleon war durch diese plötzliche Erscheinung der Enkelin Louis Philipps, die sich von ihm hatte zur Kaiserin ernennen lassen, so verblüfft, daß ihm die Cigarre ausging, und man wußte in der ersten Ueberraschung gar nicht, was sagen und was thun. Falls die Erzherzogin eine kühlbesonnene, schlaurechnende und zugleich energische Diplomatin gewesen wäre, würde es ihr nicht allzu schwer geworden sein, diese Verlegenheit zu steigern und zu ihrem Vortheil auszunützen. Allein sie war nur eine sorgenbelastete, leidenschaftlich bewegte Frau, deren Nerven durch die Strapazen der Seereise in bebende Schwingung versetzt worden und welche bei dem Manne, der die Güter ihrer Oheime konfiszirt hatte, Anschauungen und Gefühle voraussetzte, für welche in der Philosophie von Gesellschaftsrettern schlechterdings kein Platz ist.

Am 11. August in Paris angelangt und im Grand Hotel abgestiegen, erfuhr sie, daß der Hof in Saint-Cloud sich befände. Die Reise von St. Nazaire nach der Hauptstadt hatte ihre Aufregung so gesteigert, daß ihre Augen in fieberhafter Glut brannten. Sie verlangte einen Hofwagen, um sofort nach Saint-Cloud zu fahren. Herr Drouyn de Lhuys kam, um sie zu beruhigen und ihr zu sagen, der Kaiser sei unwohl und müsse daher bedauern, sie nicht empfangen zu können. Die Prinzessin konnte und wollte sich natürlich hiemit, sowie mit den nichtssagenden Redensarten des Ministers nicht zufrieden geben. Sie mußte und wollte eine Entscheidung haben.

So fuhr sie denn nach Saint-Cloud hinaus, drang in das Schloß und erzwang sich eine Audienz bei dem Kaiser.

Das ist jene bittere Stunde gewesen, wo die Erzherzogin zur Erkenntniß kam, daß auch Prinzessinnen, zumal von dem Gelüste, Kaiserinnen zu werden, gestachelte Prinzessinnen gutthäten, die Gesetze bürgerlicher Moral und die Vorschriften bürgerlichen Schicklichkeitsgefühls zu achten.

Aber auch für Napoleon den Dritten war es eine Stunde, die von Wermuth trof. Denn die bittende Schattenkaiserin von Mexiko verwandelte sich im Laufe der Unterredung mehr und mehr in die zornglühende Richte seiner Todfeinde.

Die Tochter des unlängst gestorbenen Königs Leopold mußte bald erkennen, daß der Entschluß Napoleons, das mexikanische Kaiserthum preiszugeben, gefaßt und unwiderruflich war. Da, als alle ihre Hoffnungen zertrümmert und zertreten zu ihren Füßen lagen, vermochte sie ihrer weiblichen Leidenschaftlichkeit nicht mehr zu gebieten. Enttäuschung, Kummer, Schmerz und Erbitterung entluden sich in einem Ausbruche von ungezügelter Heftigkeit. Die Antworten des Kaisers waren schneidend und machten die Wunde des Zerwürfnisses noch klaffender. Ein Wirbelwind von Anklagen und Beschuldigungen flog zwischen den

Beiden hin und her. Endlich ging dieser peinvolle Auftritt zu Ende und die Erzherzogin schwankte zu ihrem Wagen, Verzweiflung im Herzen.

Der amerikanische Gesandte in Paris hatte das Erscheinen der „fraglichen Dame", wie er die Prinzessin in seinen Berichten an Seward ungalant nannte, nicht unbeobachtet gelassen. Am 16. August verlangte er von Herrn Drouyn de Lhuys Aufschluß, was denn eigentlich diese Erscheinung zu bedeuten habe. Der Minister Napoleons beeilte sich, zu erklären, die Anwesenheit der Erzherzogin, die „wir natürlich mit Höflichkeit und Herzlichkeit empfingen", habe an den Entschlüssen der französischen Regierung in Betreff der mexikanischen Sache durchaus nichts geändert.

Am 23. August verließ dann die Prinzessin Paris und reis'te über Triest nach Rom. Das Aufflackern eines letzten Hoffnungsstrals scheint ihr nach dem Vatikan hingewinkt zu haben. Sie schleppte sich zu den Füßen des alten Priesters, in welchem sie den Statthalter Gottes sah. Hatte er sie nicht zu der unseligen Kaiserschaft eingesegnet? Mußte er ihr in ihrer Trübsal und Bedrängniß nicht Trost und Hilfe spenden? Aber gesetzt auch, der Papst hätte sein Möglichstes für den Schattenkaiser von Mexiko thun wollen, was konnte er thun? Nichts, wieder nichts und abermals nichts! Dieses in der unerbittlichen Tageshelle unserer Zeit mitleidswürdig herumwankende mittelalterliche Gespenst von Papstthum ist ja selber trost- und hilflos und der nächste Weltsturm wird den armen Spuk von dannen fegen, wie der Weltsturm, welcher zu Anfang unseres Jahrhunderts losgelassen war, einen ebenbürtigen mittelalterlichen Spuk, das Heilige-Römische-Reichsgespenst, weggefegt hat.

Was im Schlosse zu Saint-Cloud begonnen worden, ward im Vatikan vollendet. Gestörten Geistes verließ die Erzherzogin den päpstlichen Palast. Als eine Wahnsinnige wurde sie nach Miramare zurückgebracht.

Arme Charlotte! Hättest du das schöne Schloß am Meere nie verlassen, um über den Ozean hin einem Irrlicht zu folgen, dessen Irrlichtsnatur jedes gesunde Auge erkennen mußte, obzwar es in Gestalt einer Kaiserinkrone vor dir hergleißte. Aber deine Verschuldung büßend hast du wenigstens das noch kommende Furchtbare nicht mitansehen, nicht mitfühlen müssen. Denn —

„Die Götter haben freundlich dein gedacht
Und lebend schon dich aus der Welt gebracht.“

13.

Am Fuße des Citlatepetl.

In der anhebenden Katastrophe des mexikanischen Kaiserschwindels hat leider ein Deutscher die widerlichste Rolle gespielt, ein Pfaffe, dessen Rathschläge den östreichischen Prinzen zu einem blutigen Tode führten.

Dieser Rathgeber, Augustin Fischer, war von Geburt ein Würtemberger. Daß er auch ein „Stiftler" gewesen, d. h. ein in dem berühmten protestantischen „Stift" in Tübingen gebildeter Theologe, wird behauptet, ist aber nicht erwiesen. Im Jahre 1845 hatte er sich einer Auswandererschar angeschlossen, welche nach Texas ging. Seine Laufbahn in der neuen Welt war so buntwechselnd und sein Lebenswandel so lustig als möglich. Als

Goldgräber in Kalifornien trat er in Beziehungen zu den Jesuiten und ließ sich von ihnen zum Katholicismus bekehren. Ob er in aller Form Mitglied der Gesellschaft Jesu geworden, ist fraglich; doch deutet sein von da ab geführter Titel „Pater" auf diese Mitgliedschaft hin. Wahrscheinlich in Geschäften des Ordens aus Kalifornien nach Mexiko gegangen, empfing er hier die Priesterweihe und die Stelle eines Sekretärs beim Bischof von Durango. Allein seine Aufführung wär selbst nach mexikanisch-geistlichen Begriffen eine so zuchtlose, daß er den bischöflichen Palast bald wieder räumen mußte. Plötzlich tauchte aber der Vielgewandte, Schlaue, Skrupellose in der Umgebung des Erzherzogs wieder auf, welcher — mit dem Staatssekretär Seward zu sprechen — „vorgab, Kaiser von Mexiko zu sein". Ein Señor Sanchez Navarro hatte ihn dem Prinzen empfohlen, über welchen des Paters überlegener Verstand rasch einen herrschenden Einfluß gewann; besonders dann, als in Folge der Abreise der Erzherzogin nach Europa dieser Einfluß sein hemmendes Gegengewicht verloren hatte.

Maximilian erhob den Pater zu seinem Kabinettssekretär und überließ sich der Leitung dieses priesterlichen Abenteurers von allerdings nicht zweideutigem, sondern sehr eindeutigem Rufe. Die Wahl eines solchen Rathgebers kennzeichnet wiederum recht deutlich den Romantiker und den Lothringer-Habsburger.

Der Pater hatte dem Prinzen die Vorstellung einzuschmeicheln gewußt, die Anwesenheit der Franzosen sei das Haupthinderniß einer solideren Begründung der Monarchie in Mexiko. Das Kaiserthum müsse sich ohne Rückhalt und Hintergedanken auf die klerikale Partei stützen, welche ja geneigt und entschlossen sei, ihre immerhin noch sehr bedeutenden Kräfte und Hilfsmittel für den „Kaiser" zu entfalten, anzustrengen und einzusetzen, falls ihr derselbe bestimmte Bürgschaften geben wollte, den kirchlichen und konservativen Interessen in ihrem ganzen Umfange Recht zu verschaffen. Mit anderen Worten, der Erzherzog sollte seinen halbliberalen Velleitäten entschieden entsagen und sich als Bannerträger der offenen Reaktion hinstellen. Dies würde dazu beitragen, den Franzosen, in welchen eben die Klerikalen Mexiko's doch nur katholisch überfirnißte Ketzer erblicken könnten, den Aufenthalt im Lande noch mehr zu verleiden, als ihnen derselbe ohnehin schon verleidet sei, und nach ihrem Abzuge müßte es dem Kaiser um so leichter werden, mit den Republikanern fertig zu machen, als gar viele, sehr viele Liberale nur durch ihren Groll über die Anwesenheit der Franzosen bei der republikanischen Fahne festgehalten würden.

Und an dieses Blendwerk glaubte der Erzherzog! Und derselbe Mann, welcher an ein solches Blendwerk glauben konnte, hatte sich der Lösung einer der schwierigsten Aufgaben, die jemals einem Menschen gestellt waren, unterwunden! Wohl ist der Kampf eines großen Mannes mit den Schicksalsmächten ein Schauspiel für Götter; aber von dem Schauspiele des thöricht unternommenen und schwächlich geführten Streites eines gewöhnlichen Mannes mit dem Verhängniß müssen selbst die Menschen widerwillig sich abwenden. Maximilian hat erst in den Schlußscenen des Trauerspiels in

Mexiko zu tragischer Würde sich aufgerichtet. Zur Zeit, von welcher dermalen die Rede, war sein Gebaren weder klug noch würdig, auch wenn man alle aus seiner verzweifelten Lage resultirenden Milderungsgründe in Anschlag bringt.

Ob der Pater Fischer mit Vorbedacht und planmäßig gehandelt, wer weiß es? Es ging ein Gemunkel um, der Jesuitenpartei daheim in Oestreich sei sehr daran gelegen gewesen, die Rückkehr des „liberalen" Erzherzogs nach Europa zu verhindern, und der Pater habe darauf abzielende Instruktionen gehabt. Möglich, aber wenig glaublich. Die östreichischen Jesuiten müßten ja noch dümmer sein, als sie aussehen, falls sie nicht gewußt hätten, was es mit dem angeblichen „Liberalismus" des Prinzen auf sich habe ....

Maximilian gab den Klerikalen eine der verlangten Bürgschaften, indem er aus den Herren Larez, Marin, Kampos und Tavera ein Ministerium zusammensetzte, dessen Dunkelmännischkeit nicht der leisesten Anzweiflung unterzogen werden konnte (26. Juli 1866). Die gehoffte Wirkung dieser

Thorheit, energische Unterstützung des „Kaiserthums“ durch die Klerikalen, trat nicht ein, wohl aber die naturgemäße einer großen Stärkung der patriotisch-republikanischen Sache, welche unlange darauf ein volles Hunderttausend von Streitern unter ihren Fahnen hatte.

Und trotzdem gingen dem bethörten Erzherzoge die Augen nicht auf!

Die Bildung des Ministeriums vom 26. Juli war mit gegen die Franzosen gemeint und gemünzt gewesen, was diese auch sofort merkten. Welcher Triumph demnach für sie, welche neue Demüthigung für den östreichischen Prinzen, als die „kaiserliche“ Regierung, welche ja ohne die Franzosen ganz in der Luft stand, schon 4 Tage darauf, am 30. Juli, erklären mußte, daß sie den neuen Vertrag annähme, welchen Napoleon der Dritte als Antwort auf die Sendung Almonte's herrisch diktirt hatte. Gewiß hatten die Franzosen recht, wenn sie fanden, der Erzherzog hätte, statt dieser Demüthigung sich zu unterziehen, ihnen lieber seine Rauschgoldkrone ins Gesicht werfen und auf der Stelle Mexiko verlassen sollen. Im Uebrigen war und blieb die neue Konvention Wind. Tampiko, dessen Hafenzölle hälftig den Franzosen zufallen sollten, befand sich schon in den Händen der Republikaner, und wenn dadurch die Ausführung der Konvention in Mexiko zur Unmöglichkeit wurde, so war in Paris, noch bevor man dies daselbst erfuhr, beschlossen worden, auf diesen Vertrag gar keine Rücksicht mehr zu nehmen, obgleich der Tuilerienhof als Gegenleistung für die Annahme desselben von Seiten des „Kaisers" Maximilian seinerseits förmlich sich verbindlich gemacht hatte, die französische Armee nicht plötzlich und auf einmal aus Mexiko zurückzuziehen, sondern vielmehr in 3 Terminen, deren letzter erst zu Ende Novembers von 1867 eintreten sollte.

Bevor dem unglücklichen Erzherzog dieser abermalige Vertragsbruch von Seiten der französischen Regierung zur Kenntniß kam, hatte er doch schon mehr oder weniger deutlich geahnt, was für ein falsches Spiel man in Paris gegen ihn spielte. Um

dasselbe zu durchkreuzen, ist er, wie es scheint, auf den Einfall gekommen, zu versuchen, ob sich die zwischen Frankreich und der Union schwebende Frage nicht so verwickeln ließe, daß das Kabinett von Washington bis zu einer Beleidigung der französischen Flagge in Mexiko vorschritte. Anders wenigstens scheint sich die von Maximilian an die Vereinigten Staaten dadurch gerichtete Herausforderung, daß er, der nicht ein einziges Schiff besaß, die Blokade gewisser mexikanischer, in der Gewalt der Republikaner befindlicher und so zu sagen vor den Thoren der Union gelegener Häfen anbefahl, nicht begreifen zu lassen. Der Anschlag fiel aber ganz ins Wasser. Der Präsident Johnson erklärte das maximilianische Blokadedekret einfach für null und nichtig und die Franzosen hüteten sich wohl, auch nur einen Finger zu rühren, um dem Dekret Achtung zu verschaffen.

Derweil waren die bitteren Früchte der Zankscene von Saint-Cloud gereift. Mit noch vor Zorn zitternden Händen zerriß Napoleon der Dritte alle seine Vereinbarungen mit dem Erzherzog und beschloß, die französische Armee auf einmal und binnen kurzer Frist aus Mexiko zurückzurufen. Zugleich sollte noch ein Versuch gemacht werden, den östreichischen Prinzen zur Abdankung zu vermögen und dadurch seine persönliche Rettung sicherzustellen. Ebenso wollte man aber auch, um für die französischen Interessen in Mexiko eine Bürgschaft zu erhalten, auf diplomatischem Wege und unter Vermittelung des Kabinetts von Washington eine Anknüpfung mit den Führern der republikanischen Partei versuchen, — ein Versuch, der dann auch wirklich gemacht worden ist, aber nur den Erfolg hatte, daß in Folge ausdrücklicher oder stillschweigender Uebereinkünfte zwischen den französischen und den republikanischen Generalen der Abzug der Franzosen möglichst wenig von den Mexikanern gestört wurde. Die Sache machte sich dann, wie bekannt, so, daß jene durch diese mit aller Höflichkeit zum Lande hinauskomplimentirt wurden; ungefähr in der Art, wie es den Preußen i. J. 1792 von Seiten der Franzosen widerfahren war. Aus den von französischen Agenten besorgten Einfädelungen zu

einem Abkommen Frankreichs mit der Republik Mexiko — Einfädelungen, welche nicht nur hinter dem Rücken der erzherzoglichen Regierung, sondern auch hinter dem Rücken Bazaine's gemacht wurden — erklärt es sich auch, daß man in den republikanischen Lagern, namentlich in dem des Generals Diaz, von den Absichten und Entschlüssen des Tuilerienhofes zur Herbstzeit von 1866 immer sehr frühzeitig und gut unterrichtet war. Nicht weniger frühzeitig und genau wurde das Kabinett von Washington, welches man von Paris her nur noch mit Sammethandschuhen anzurühren wagte, von diesen Absichten und Entschlüssen in Kenntniß gesetzt. Die Depeschen des amerikanischen Gesandten Bigelow an Seward zeigen dies in sehr charakteristischer Weise. Der Nachfolger des Herrn Drouyn, der Marquis de Moustier, hatte kaum sein Amt angetreten, als er am 11. Oktober sich beeilte, Herrn Bigelow die Mittheilung zu machen, er, Moustier, habe den Kaiser in Biarritz gesehen und Se. Majestät habe die Absicht geäußert, „die französischen Truppen sobald, als es nur immer möglich, aus Mexiko herauszuziehen, ohne den mit Maximilian geschlossenen Vertrag zu halten". In ihrer brennenden Besorgniß, der Präsident Johnson könnte auf den Einfall kommen, seine wackelig gewordene Popularität dadurch wieder zu befestigen, daß er die mexikanische Angelegenheit benützte, um einen Krieg mit Frankreich vom Zaune zu brechen, unterzog sich die französische Regierung auch der demüthigenden Zuvorkommenheit gegen das Kabinett von Washington, bei demselben anzuklopfen, ob ihm die Wiederherstellung der Republik in Mexiko angenehm wäre. Seward antwortete trocken: „Vor allem die Räumung des Landes seitens der Franzosen. Ist diese vollzogen, so sind wir gerne bereit, Andeutungen das Ohr zu leihen, welche darauf abzielen, die Wiederherstellung der Ruhe, des Friedens und des einheimisch-verfassungsmäßigen Regiments in Mexiko zu sichern".

Der Tuilerienhof konnte es mit seinen den Vereinigten Staaten gegenüber eingegangenen Verpflichtungen nicht halten und machen, wie er es mit seinen dem Erzherzog gegenüber eingegangenen machte und hielt. Zum Brother Jonathan durfte man nicht sagen, wie man zum „kaiserlichen Alliirten" Maximilian sagte: Ich thue nicht mehr mit, und was ich dir versprochen, halt' ich nicht. Sieh' zu, wie du aus der verwünschten mexikanischen Schmiere herauskommst.

Doch nein, so geradeheraus sprach man nicht; das wäre ja gegen alle Etikette und Diplomatik gewesen. Wer wird in der Politik einen Wort- und Treu-Bruch so nackt und bloß hinstellen, namentlich wenn man selber der Wort- und Treu-Brecher ist? Auch für das Häßlichste läßt sich eine beschönigende Formel finden. Die Sprache der „Staatsraison" ist so wunderbar fügsam und schmiegsam, so manierlich und handirlich!

Die Formel lautete: Maximilian so oder so von neuen Abenteuerlichkeiten abhalten, indem man ihn zur Abdankung bewegt („arracher Maximilien de gré ou de force aux nouvelles aventures, parvenant à le faire abdiquer"), und zum Ueberbringer und Inscenesetzer dieser Formel wurde einer der Adjutanten des Kaisers der Franzosen ausersehen, der General Castelnau, der, mit sehr weitgehenden Vollmachten ausgestattet, am 17. September nach Mexiko sich einschiffte. Fünf Tage zuvor war an den Marschall Bazaine die bestimmte Mittheilung abgegangen, daß Napoleon der Dritte sich entschlossen habe, die französischen Truppen in Masse zurückzurufen und schon im nächsten Frühjahr die vollständige Räumung Mexiko's zu bewerkstelligen („Napoléon III s'était décidé à rappeler ses troupes en masse et à avancer au printemps prochain leur évacuation complète").

Der Erzherzog hatte derweil aus den Zeitungen der Vereinigten Staaten den Mißerfolg des von seiner Gemahlin bei dem Kaiser der Franzosen gemachten Versuches ersehen, und wenn er nun, wie er that, noch eine letzte Hoffnung auf die Dazwischenkunft des Papstes in den Tuilerien und in Mexiko setzte, so kennzeichnet das eben wiederum den romantischen Illusionär. In Augenblicken jedoch, wo der scharfe Zugwind der Logik der Thatsachen den Nebeldunst der Illusionen zerstreute, hat der Prinz gar wohl erkannt, daß der Kaisertraum zu Ende und daß es Zeit sei, einzupacken und heimzugehen, um in Miramare philosophische Glossen zu dichten über den virgilischen Vers:

. . . . „Ulla putatis
Dona carere dolis Danaum? Sic notus Ulixes?“

Einstweilen traf er Vorbereitungen, in Sicherheit zur Seeküste hinabzukommen, indem er sich den Anschein gab, diese Vorbereitungen bezweckten nur die Abholung der, wie er glauben machen wollte, auf der Rückreise aus Europa befindlichen „Kaiserin“ in Veracruz.

Inzwischen waren dem Marschall Bazaine die Entschließungen und Befehle Napoleons des Dritten zugekommen (gegen die Mitte Oktobers) und der französische Oberbefehlshaber verschritt zur Ausführung derselben, indem er den Zusammenzug seiner gesammten Streitkräfte nach dem Centralpunkt der Hauptstadt hin anordnete und befahl, daß die Truppen sodann auf der Straße von Mexiko nach Veracruz staffelförmige Stellungen nehmen sollten, um der Reihe nach zur Einschiffung kommen zu können. Der Marschall unterließ nicht, den von seinem „erhabenen Bundesgenossen" förmlich aufgegebenen „Kaiser" von diesen Anordnungen in Kenntniß zu setzen, und die Bemühung des Erzherzogs, Bazaine umzustimmen, war natürlich eine eitle. Es blieb ihm nur noch übrig, das unter solchen Umständen herkömmliche und bräuchliche Geschäft der Ohnmacht zu verrichten, nämlich gegen das Verfahren der französischen Regierung zu protestiren und dann abzureisen. Letzteres wollte er um so mehr beeilen, als er erfahren hatte, daß der außerordentliche Gesandte Napoleons, der General Castelnau, nur noch zwei Tagereisen von der Hauptstadt entfernt sei, und er ein Zusammentreffen mit demselben zu vermeiden beabsichtigte. Man kannte ja den Inhalt der Mission des Generals bereits. Hatte doch eine im Lager des Porfirio Diaz erscheinende Zeitung triumphirend ausgerufen: „Herr Castelnau, der in Veracruz an's Land gestiegen, macht gar kein Geheimniß aus seiner Sendung; er sagt, daß er den Auftrag habe, Maximilian abdanken zu machen. Man begreift, daß die freiwillige oder erzwungene Abdankung desselben unvermeidlich ist.

Die Absichten Frankreichs sind wohlbekannt und die Sonne des neuen Jahres wird die siegreichen Waffen der Republik über dem ganzen Gebiete Mexiko's schimmern sehen".

Der unglückliche Erzherzog befand sich im Schlosse zu Chapultepek, gequält von allen den Bedrängnissen, welche die letzten Tage gebracht hatten, und noch dazu vom Fieber heimgesucht, als ihn am 19. Oktober der schmerzlichste Schlag traf. Ein meerherüber und über die Vereinigten Staaten kommendes Telegramm meldete ihm den Wahnsinn seiner Frau.

Unter der Wucht dieses Schlages mühsam sich halb wiederaufrichtend wollte er auf der Stelle die Bekanntmachung seiner Abdankung ausgehen lassen und abreisen. Aber der Marschall verhinderte das Erstere. Eine so plötzliche Thronentsagung würde nämlich, so kalkulirte man im französischen Hauptquartier mit Recht, die Anarchie im ganzen Lande vollständig entfesseln und diese Anarchie müßte auch den Franzosen verderblich werden. Hatten sie doch nur allzu richtige Anzeichen, daß alle Mexikaner, ohne Unterschied der Parteifarben, geneigt waren, in Masse über die verhaßten Eindringlinge herzufallen und der sizilischen Vesper eine mexikanische zu gesellen. Es galt, nach allen Seiten hin eine feste Haltung zu zeigen und die Aufrechthaltung des Kaiserschwindels noch immer zu heucheln. Daher befahl denn auch der Marschall dem Ministerium Larez, welches auf die Kunde von der bevorstehenden Abreise des Erzherzogs hin seine Entlassung eingereicht hatte, seine Funktionen fortzusetzen, und nach sehr peinlichen Verhandlungen kam die Vereinbarung zu Stande, daß der „Kaiser" seine Abdankungserklärung einstweilen noch zurückhalten sollte. (Bazaine wollte sogar, daß der Erzherzog erst nach seiner Ankunft in Europa diese Erklärung von dort herüber sendete.) Ferner, daß die Abwesenheit desselben von der Hauptstadt für eine nur zeitweilige erklärt würde. Diesen Zugeständnissen des Prinzen gegenüber ließ der Marschall die Abreise desselben zu und erklärte, er nehme alles auf sich („qu'il se chargeait de tout").

Es müssen Tage voll Seelenpein gewesen sein,

dieser 19. und 20. Oktober im Sommerschlosse Montezuma's. Als der Prinz am Abend des 20. die Depesche gelesen hatte, worin ihm Bazaine seine Wünsche, d. h. seine Befehle, endgültig mittheilte, durchmaß er das Gemach in fieberhafter Erregung und murmelte: „Kein Zweifel, meine Frau ist wahnsinnig .... Diese Leute verbrennen mich bei langsamem Feuer ... Ich bin am Ende meiner Kräfte ... Ich gehe.“

Am folgenden Morgen um 2 Uhr fuhren die drei Wagen des „kaiserlichen“ Reisezugs unter der Bedeckung von drei Schwadronen östreichischer Husaren die Straße von La Piedad hin. Mit dem Erzherzog waren der östreichische Oberst Kodolich, der Leibarzt Basch, Señor Arroyo und leider auch der böse Dämon des Prinzen, der Pater Fischer, welcher ihn völlig umgarnt hielt, ja dermalen mehr als je.

Des „Kaisers“ letzte Regierungshandlung vor seiner Abreise von Chapultepek war die Widerrufung des verhängnißvollen Dekrets vom 3. Oktober von 1865. Gutgemeint, aber unter den

Umständen, wie sie jetzt waren, ganz bedeutungslos.

Die Fahrt ging nach Orizaba. Unterwegs, in Ayotla, begegnete der Reisezug des Generals Castelnau dem erzherzoglichen. Der General suchte um eine Audienz bei dem Prinzen nach, wurde aber abschläglich beschieden. Da, wo zwischen La Canada und Akulcingo das Hochland von Anahuak gegen die Tierra caliente abzufallen beginnt, verließ der Erzherzog seinen Wagen, um die bodenlose Wegstrecke zu Fuße zurückzulegen. Während des Halts in Akulcingo wurden die acht weißen Maulthiere gestohlen, welche den „kaiserlichen" Wagen zogen. Auf der ganzen Reise sprach der Prinz kaum ein Wort und kehrte nur in Pfarrhäusern ein. In Orizaba hielt er einen feierlichen Einzug, wobei eine Abtheilung französischer Infanterie Spalier bildete. Das schwere Reisegepäck wurde nach Veracruz vorausgeschickt und auf der dort ankernden östreichischen Fregatte Dandolo eingeschifft. Doktor Basch und die übrigen Deutschen in der Umgebung des Erzherzogs glaubten,

da das ganze Kaiserschwindelspiel doch offenbar verloren war, nichts anderes, als daß der Erzherzog seinem Gepäcke rasch nachfolgen und sich ebenfalls an Bord des Dandolo begeben würde, um nach Europa abzufahren. Eine andere Lösung konnte sich der gesunde Menschenverstand gar nicht denken; allein was ist der gesunde Menschenverstand einem Romantiker? Höchstens ein Gegenstand des Spottes à la Tieck.

Maximilian machte in Orizaba Halt. Der freundliche Empfang, welchen ihm ein Theil der Einwohnerschaft zu Theil werden ließ, verlieh der Goldschaumkrone, welche er abzulegen im Begriffe gewesen, plötzlich in seinen Augen wieder einen Werth, und kaum ließ er das merken, als die Klerikalen unter Leitung des Pater Fischer das Lug- und Trugnetz um ihn herzogen, welches den bethörten Mann ins Verderben reißen sollte. Es war wohl schon eine Machenschaft dieser Menschen, daß der Erzherzog die Gastfreundschaft des Señor Bringas in Orizaba annahm, eines angesehenen Rückwärtsers, welcher zugleich der größte Schleichhändler Mexiko's und als solcher ein Todfeind des verfassungs- und gesetzmäßigen Regiments war, wie es Juarez gehandhabt hatte. Im Hause des genannten Señor empfing der Prinz den Kurier, welcher ihm die näheren Nachrichten über das Unglück überbrachte, von dem seine Frau befallen worden, und der Pater überredete den Geknickten, sich aus der Stadt in die einsame Hacienda La Jalapilla zurückzuziehen; angeblich, um keine Störung seiner Trauer erfahren zu müssen, in Wahrheit aber, damit der Tiefbetrübte besser von allen nichtklerikalen Einflüssen abgesperrt werden könnte. Die frommen Munkeler und Mantscher, welche wohl wußten, daß dem Zerplatzen der Schaumblase des Kaiserthums die Wiederherstellung der juaristischen Regierung und damit die Befolgung einer entschieden widerpfäffischen Politik auf dem Fuße folgen würde, suchten mit allen Mitteln den Erzherzog zu bestimmen, nicht abzudanken und nicht nach Europa zurückzukehren.

Natürlich können nur Schwachköpfe und Nichtkenner der Kirchengeschichte über eine solche Gewillenlosigkeit sich verwundern. Dagegen dürfen wissende Menschen billig über die Dummheit dieses kläglichen Gesindels erstaunen, welches von der Erhaltung eines Bauwerkes schwatzte, während das Krachen vom Einsturze desselben allwärtsher erscholl. Diese jämmerlichen Ränkeler kannten, wenn nicht im Einzelnen, so doch im Ganzen die Instruktionen des Generals Castelnau; sie wußten, welche Weisungen Bazaine empfangen hatte; sie erfuhren endlich gerade in diesen letzten Tagen des Oktobers, daß Porfirio Diaz nach einem glänzenden Sieg über die östreichische Legion triumphirend in Oaxaka eingezogen sei und daß von allen Seiten her die republikanischen Streitmassen gegen die Hauptstadt des Landes im Vormarsche seien: und trotz alledem bestärkten sie sich selber in ihren Phantasmagorieen und gaukelten dieselben auch dem von Napoleon dem Dritten weggeworfenen Werkzeuge der großen, in den Tuilerien ausgesonnenen und jetzt schmählich mißlungenen Verschwörung gegen den amerikanischen Republikanismus vor. Wenn diese Gaukelei dem modernen

Jesuitismus auf Rechnung gesetzt werden dürfte, so müßte man nicht mehr sagen: Dumm wie ein Verliebter! sondern: Dumm wie ein Jesuit! Freilich, wer erwartet, daß ein vom Blödsinn mit der Schamlosigkeit gezeugter Wechselbalg, genannt „Syllabus", in der zweiten Hälfte des 19. Jahrhunderts noch Wunder wirken werde, schreckt auch vor der dümmsten der Dummheiten nicht zurück.

Der General Castelnau war inzwischen in der Hauptstadt angelangt und die Vertheidiger, welche Bazaine gegenüber den in der nordamerikanischen und europäischen Presse gegen ihn laut gewordenen Vorwürfen und Anklagen unter seinen Landsleuten gefunden hat, sie haben nicht ermangelt, mit Fug und Recht geltend zu machen, daß mit der Ankunft des außerordentlichen Bevollmächtigten Napoleons die politische Verantwortlichkeit des Marschalls aufhörte. Castelnau erwies sich übrigens der Rolle, welche er in Mexiko spielen sollte, in keiner Weise gewachsen. Er handelte nicht wie ein geriebener Diplomat, sondern wie ein ordinärer Kavallerieoffizier. Er war beauftragt, den Erzherzog zur Abdankung zu bewegen, und nach geschehener Beseitigung des östreichischen Prinzen die Versammlung eines mexikanischen Generalkongresses zu veranlassen, hinter den Kulissen desselben aber die verschiedenen Führer der Patrioten unter einander zu verhetzen und endlich demjenigen unter ihnen — Juarez immer ausgenommen — welcher den französischen Interessen am besten dienen würde, die Präsidentschaft der Republik zuerkennen zu lassen.

Von alledem brachte der General gar nichts zuwege, obgleich von französischer Seite das Möglichste geschah, um dem verhaßten Juarez, der so unerschütterlich an seiner Pflicht festgehalten hatte, Mitbewerber um die höchste Gewalt zu erwecken, und obgleich man in dem ehrgeizigen General Ortega ein geeignetes Subjekt, den Nebenbuhler des Präsidenten zu spielen, entdeckt zu haben sich schmeichelte. Gegen diese Machenschaft, welche nur dazu angethan war, neue Bürgerkriegswirrsale in Mexiko hervorzurufen, that nun aber das wohlunterrichtete Kabinett von Washington sofort einen

Gegenschachzug, indem es Herrn Campbell als Gesandten an Juarez abordnete und diesem Gesandten den berühmten General Sherman als militärischen Berather beigab. Damit wollte die Regierung der Union den Franzosen einen deutlichen und ausdrucksvollen Wink geben, daß sie als rechtmäßiges Staatsoberhaupt in Mexiko nur den standhaften Zapoteken anzuerkennen gewillt sei, und dieser Wink wurde verstanden und befolgt.

Derweil hatte der Erzherzog in seiner Zurückgezogenheit auf der Hacienda La Jalapilla am Fuße des Citlatepetl einen aus Brüssel vom 17. September datirten Brief des Staatsraths Eloin erhalten, dessen Inhalt höchst aufregender Natur und ganz geeignet war, die Ränke der Klerikalen fördern zu helfen.

Es ist ein merkwürdiges Aktenstück, dieser Brief, und er wirft grelle, fast unheimliche Streiflichter. Unter andern auch eins auf die Thatsache, daß Maximilian vor seiner Abreise nach Mexiko so lange und so hartnäckig sich geweigert hatte, seinen agnatischen Rechten auf die Thronfolge in Oestreich zu entsagen.

Herr Eloin spricht sich mit äußerster Heftigkeit über das Benehmen der französischen Regierung aus, welches er als Memmenhaftigkeit („lacheté") stigmatisirt, und räth dem Erzherzog entschieden davon ab, die Partie vor dem Abzug der französischen Armee aufzugeben. Dann gibt er ihm den Rath, diesen Abzug abzuwarten und sodann auf's neue an das von dem Druck einer fremden Intervention erlös'te mexikanische Volk zu appelliren („au peuple mexicain, degagé de la pression d'une intervention étrangère, faire un nouvel appel"). Würde diese Berufung ungehört bleiben, so hätte der „Kaiser" seine „erhabene Sendung" bis zum Ende erfüllt und „Eure Majestät wird dann nach Europa mit demselben Glanze zurückkehren, der Sie bei der Abreise umgab, und inmitten der wichtigen Ereignisse, welche sicher nicht ausbleiben werden, wird Eure Majestät die Stelle einnehmen können, welche Ihnen in jeder Hinsicht zukommt (et au milieu des événements importants qui ne manqueront de surgir, Votre Majesté pourra jouer le rôle qui lui appartient à tous égards).“ Was hatten diese mysteriösen Worte zu bedeuten? Herr Eloin läßt uns nicht lange im Zweifel darüber; denn im Verlaufe seines Briefes findet sich diese Stelle: — „Meine Reise durch Oestreich ließ mich die allgemeine Unzufriedenheit bemerken, welche dort herrscht (le mécontentement général qui y règne). Der Kaiser ist entmuthigt (découragé), das Volk wird ungeduldig und fordert ganz laut seine Abdankung (le peuple s'impatiente et demande publiquement son abdication). Die Sympathieen für Eure Majestät breiten sich augenscheinlich über das ganze Gebiet Oestreichs aus“.

Es ist schmerzlich, mit der psychologischen Sonde in der Seele eines Unglücklichen zu wühlen; allein mitunter ist das die Pflicht des Historikers und Pflichten müssen erfüllt werden.

Das Schreiben des Herrn Eloin machte auf den Erzherzog einen bestimmenden, ja geradezu einen beherrschenden Eindruck. Es lag in diesem

Briefe ein gewaltsamer Anreiz für den Prinzen, aus dem schwermüthigen Brüten, worein ihn die Kunde vom Ausgang der Unternehmung seiner Frau versetzt hatte, sich herauszureißen und in neue Abenteuer sich zu stürzen. Möglich, wahrscheinlich vielleicht, daß hiebei der verzweiflungsvolle Vorsatz, eine gebrochene Existenz in einem „ritterlichen" Wagniß einzusetzen und zu verlieren, mitwirksam gewesen ist. Möglich aber auch, daß dem Prinzen die Illusion vorschwebte, ein ganz neues Dasein beginnen zu können. Romantische Naturen, wie er eine war, sind wetterwendisch wie ein Apriltag, den Einflüssen der Stunden, der Augenblicke unterthan, bestimmbar immer, berechenbar nie.

Und was für eine blendend-verlockende Aussicht that dieser Eloin, welcher offenbar die geheimsten Gedanken Maximilians kannte, vor den Blicken desselben auf! Geradezu die Aussicht auf die Herrschaft über Oestreich, dessen Kaiser ja „entmuthigt" war und dessen Bevölkerung die Abdankung des Entmuthigten „laut forderte" und seine Sympathieen für den Erzherzog offen kundgab. Man muß sich, um die Vollbedeutung von alledem zu verstehen, erinnern, daß Eloins Brief nach der Niederlage Oestreichs bei Sadowa geschrieben war, zu einer Zeit also, wo sogar die besten östreichischen Männer der düsteren Ueberzeugung lebten, nur Wunder und ein Wunderthäter könnten das Reich retten.

Konnte, durfte aber der Erzherzog sich einbilden, so ein Wunderthäter zu sein? Oh Himmel, als ob ein Romantiker jemals fragte, ob er könnte, ob er dürfte! Romantik ist Willkür, Blendwerk, Selbstbetrug. Der Romantiker glaubt sich berufen und hält sich für auserwählt, weil er sich gekitzelt fühlt, und in den Eingebungen seiner Eitelkeit hört er Stimmen „von oben". Es ist, als hätte der Prinz weit weg von La Jalapilla und um viele Jahre zurück sich geträumt und ihm wäre gewesen, als stünde er wiederum in der Königsgruft im Münster von Granada . . .

„Da erdröhnt es in dem Grab,
Flüstert aus den morschen Pfosten:
Der hier brach, der goldne Stab,
Glänzt plus ultra dir im Osten!"

Denn flüsterte nicht aus den „morschen Pfosten" des mexikanischen Kaiserthrons die Lockung: Was du hier verloren, wirst du drüben in der Heimat verzehnfacht gewinnen? Dröhnte nicht aus dem „Grabe" seiner transatlantischen Hoffnungen der Trostruf: Ermanne dich! in Europa winkt dir eine weltgeschichtliche Mission —?

Aber dieser halbwahnsinnige Ruhmestraum, von welchem auch am wiener Hofe bei Zeiten etwas ruchbar geworden sein muß*), erhielt einen sehr fühlbaren Nackenschlag durch die unausweichlich sich aufdrängende Erwägung, daß ein macht- und ruhmloser Flüchtling, welcher mit einem „zerbrochenen goldnen Stab" in der Hand heimkehrte, doch wohl kaum Aussicht hätte, daheim als Heiland

---

*) Darauf deutet wenigstens der Umstand hin, daß zur Zeit, wo die Rückkehr des Erzherzogs nach Europa erwartet wurde, der wiener Hof den Argwohn nicht verhehlte, welchen ihm schon der bloße Kaisertitel des Prinzen einflößte. Der östreichische Gesandte in Mexiko ward angewiesen, dem Erzherzoge zu eröffnen, daß derselbe die östreichischen Staaten nicht betreten dürfte, falls er mit dem Titel eines Kaisers nach Europa zurückkehren wollte.

und Retter begrüßt zu werden. Um in der alten Welt zu gewinnen, mußte man in der neuen noch einmal wagen; um drüben dem Schicksal zu imponiren, mußte man es hüben noch einmal herausfordern. Also nichts mehr von Abdankung und sofortiger Heimfahrt! Warum auch sollte es nicht möglich sein, daß es dem Nachkommen Kaiser Karls des Fünften beschieden wäre, die Herrlichkeit dieses Beherrschers von zwei Welten zu erneuen und im Osten und Westen zugleich das kaiserliche Scepter zu führen?

Pater Fischer hat diese ausschweifenden Träume jedenfalls nicht bekämpft, sondern nach Kräften genährt. Um den Prinzen dorthin zu bringen, wo er ihn haben wollte, d. h. völlig in die Hände der Klerikalen, ließ er den romantischen Träumer einstweilen auch noch mit der Seifenblase spielen, es würde möglich sein, einen „freien“ Nationalkongreß zu versammeln, sobald die Franzosen abgezogen wären, dann im Schooße dieses Kongresses mit den Liberalen zu unterhandeln und so den Streit zwischen Republik und Monarchie auf friedlichem

Wege zum Austrage zu bringen. Und das hoffte der Verfasser des Blutdekrets vom 3. Oktober! Ja es untersteht gar keinem Zweifel, daß er noch mehr hoffte, nämlich als Friedensstifter eine solche Summe des Dankes von allen Parteien zu erwerben, daß er gebeten, daß er bestürmt werden würde, an der Spitze des Staates zu verbleiben, sei es als Kaiser, sei es als Präsident, welchen letzteren Titel man sich vorderhand ja auch gefallen lassen könnte.

Der hochwürdige Beichtvater that so, als wäre er mit diesen Phantasmen ganz einverstanden; nur machte er immer wieder bemerklich, daß der „Kaiser“ nach dem Abzuge der Franzosen doch einen festen Halt haben müßte, auf den er sich zunächst stützen könnte, um den Liberalen so zu imponiren, daß sie sich zur Annahme und Beschickung des projektirten Generalkongresses herbeiließen. Wo aber einen solchen Halt finden, wenn nicht in der klerikalen Partei? Die Klerikalen seien ja bereit, Gut und Blut für das Kaiserthum und für den Kaiser einzusetzen; sie seien willig und auch vermögend, den kaiserlichen Schatz zu füllen und ein Heer auf die Beine zu bringen, — alles natürlich unter der kleinen Bedingung, daß den gerechten Ansprüchen dieser loyalen und opferfreudigen Partei volles Recht wiederführe.

Der eifrige Pater erhielt einen sehr gewichtigen Beistand in den Personen der beiden Herren Miramon und Marquez, welche, ohne Zweifel von ihren Freunden heimberufen, gerade jetzt von ihren zwecklosen Gesandtschaften in Europa zurückkehrten und sofort von Veracruz nach La Jalapilla eilten. Hier wurde nun das Rückwärts-Komplott sofort fertig und fest gemacht. Der Erzherzog versprach unbedingte Hingabe an die Interessen der Klerikalen und verhieß insbesondere die Zurückgabe der geistlichen Güter an die Kirche, sowie die Wiedereinsetzung sämmtlicher Mitglieder der Partei in ihre Würden, Aemter und Besitzungen.

Wie reimte aber diese Unterwerfung des „ritterlichen" Prinzen unter die ihm von den Klerikalen auferlegten Bedingungen mit seiner Absicht, auch die Liberalen zu versöhnen, auch ihnen als der allgerechte und allwillkommene Friedensstifter sich darzustellen? Ach was, als ob auf dieser ungereimten Erde alles sich reimen müßte! Derartige Forderungen sind idealpolitische Narretheien, worauf klerikale wie liberale Realpolitiker keine Rücksicht zu nehmen brauchen.

14.

Von La Jalapilla bis Queretaro.

Es hob jetzt zwischen dem französischen Hauptquartier, wo man stündlich die Nachricht von der Einschiffung Maximilians vergeblich erwartete, und zwischen der erzherzoglichen Residenz bei Orizaba ein Ränke- und Schwänkespiel an, das unbeschreiblich widerlich anzusehen ist. Man weiß auch nicht, welcher der beiden Spielpartieen man den Preis der Hintergehung und Ueberlistung zuerkennen soll, und ist versucht, beim leidigen Anblicke dieser „Disputation" an die Schlußstrophe der heine'schen im „Romanzero" sich zu erinnern: —

> „Welcher recht hat, weiß ich nicht;
> Doch es will mich schier bedünken,
> Daß der Marschall und der Prinz,
> Daß sie alle beide st . . . raucheln."

Während Miramon, nach der Hauptstadt hinaufgeeilt, dem „kaiserlichen" Ministerium die Wendung der Dinge in La Jalapilla mittheilte und dasselbe zu neuer Thätigkeit aneiferte, die ganze Rückwärtserei zur Sammlung und auf ihre Posten rief, alle Kräfte der Partei anzustrengen, alle Mittel derselben flüssig zu machen thätig war, die Beschaffung von Geldmitteln und die Reorganisation der „kaiserlichen" Armee einleitete, suchte der Erzherzog seinerseits vor allem über die Absichten der Franzosen ins Klare zu kommen, und stand zu diesem Zwecke nicht an, den Marschall — denn nur mit diesem verkehrte er — fortwährend halb und halb glauben zu machen, daß er im Begriffe sei, sich einzuschiffen. Der Marschall und seine Mitbevollmächtigten Castelnau und Dano gingen auf die Leimruthe, indem sie in einer vom 16. November datirten Note die Erklärung sich entwischen ließen, sie würden zu erwirken versuchen, daß „die noch rückständigen Ansprüche Frankreichs an die mexikanische Staatskasse durch die neue Regierung (par le nouveau gouvernement) von Mexiko gedeckt würden."

Demnach betrachteten die Franzosen den Kaiserschwindel bereits als vollständig aus- und abgethan. Und wie hätten sie auch anders gekonnt, da Frankreich gerade zu dieser Zeit in Verbindung mit dem Kabinett von Washington ganz offen auf die Wiederherstellung der republikanischen Regierung hinarbeitete? Der Hauptmacher in diesem Geschäfte war Herr Markus Otterburg, Konsul der Vereinigten Staaten in Mexiko, welcher dem Marschall ausdrücklich und amtlich erklärte, daß er von seiner, hierin ganz im Einverständnisse mit dem Tuilerienhofe handelnden Regierung beauftragt sei, in Uebereinstimmung mit dem französischen Obergeneral die mexikanische Republik wiederherzustellen. Es sei, fügte der Konsul hinzu, räthlich, bei Zeiten daran zu denken, welchem der juaristischen Generale die Hauptstadt zu überliefern wäre, damit Unordnungen vermieden würden. Er schlage als den würdigsten und am meisten Vertrauen erweckenden den General Diaz vor und habe auch bereits für die nöthigen Gelder vorgesorgt, um den Truppen desselben nach ihrer Ankunft in der Stadt einen zweimonatlichen Sold auszahlen zu können.

Das war deutlich gesprochen. So deutlich konnte aber Bazaine in seiner verzwickten Stellung seinerseits nicht sprechen. Faktisch und substanziell existirte freilich auch für ihn der „Kaiser" Maximilian nicht mehr, wohl aber rechtlich und formell. Er mußte sich also begnügen, den amerikanischen Bevollmächtigten mehr errathen zu lassen als er sagte, indem er auf die erwähnte Mittheilung erwiderte, daß er, solange der Erzherzog noch nicht abgedankt hätte, denselben als das einzige gesetzmäßige Oberhaupt des Landes betrachten müßte. Freilich, sobald der Prinz sich eingeschifft hätte, würde er nichts Unpassendes darin sehen, unter Mitwirkung des Generals Porfirio Diaz, für welchen auch er große Achtung hege, eine neue Regierung einzurichten, ungeachtet von Paris aus zum Oberhaupt derselben der General Ortega empfohlen sei. Hierauf beschränkte sich der Marschall Herrn Otterburg gegenüber vorderhand. Daß er, wie man ihm vorgeworfen hat, mit Diaz in persönlichen Verkehr getreten sei, und sogar dem republikanischen General Waffen und Munition geliefert oder verkauft habe, beruht nicht auf erwiesenen Thatsachen, sondern nur auf Vermuthungen oder Verleumdungen. Wahr ist, das ganze Gebaren Bazaine's erschien gegen das Ende der mexikanischen Expedition hin in dem Lichte der Willkür, der Zweideutigkeit und Treulosigkeit. Allein das war nicht die Schuld des Marschalls, welcher ja nur das Werkzeug der willkürlichen, zweideutigen und treulosen Politik seiner Regierung gewesen ist.

Der östreichische Prinz that seinem „erhabenen Bundesgenossen" nicht den Gefallen, abzudanken und heimzugehen. Wiederum ein sehr widerwärtiger Zwischenfall in dieser schmählich vergeckten Verwirklichung der „größten Idee" des zweiten Empire, welche Verwirklichung eigentlich nur eine Reihenfolge von lauter widerwärtigen Zwischenfällen gewesen ist. Im französischen Hauptquartier war man gewiß nicht sehr angenehm überrascht, als daselbst aus Orizaba eine vom 20. November datirte Note des Erzherzogs eintraf, welche mit den Worten begann: „Keiner meiner Schritte gibt jemand die Berechtigung, zu glauben, daß ich die Absicht hätte, zu Gunsten irgendeiner Partei abzudanken" — und die Mittheilung machte, daß der „Kaiser" Berufung an die Nation einlegen und einen Generalkongreß versammeln werde.

Diese Note ist eines der Resultate einer Rathsitzung gewesen, welche derweil auf der Hacienda La Jalapilla stattgefunden hatte. Miramon hatte den Ministerpräsidenten Larez, die übrigen Minister und die Mitglieder des „kaiserlichen" Staatsraths von der Hauptstadt aus dorthin geführt unter französischer Eskorte, welche Bazaine gewährte, weil er wähnte, die Herren würden die Abdankungsurkunde Maximilians mit zurückbringen. Die Rathsversammlung in La Jalapilla zählte 22 Mitglieder und währte drei volle Tage. Die Kardinalfrage, ob der „Kaiser" abdanken sollte, wurde aufgeworfen, aber mit 20 gegen 2 Stimmen abgeworfen. Dann gab der Erzherzog von seinen Entschließungen hinsichtlich des Appells an die Nation, der Berufung eines Kongresses u. s. w. Kenntniß und erhielt Zustimmung. Der ganze Rathschlag war nur eine zuvor zwischen Maximilian, Miramon, Larez und dem

Beichtvater abgekartete Posse. Die Essenz der Zusammenkunft war diese, daß die Allianz des Erzherzogs mit den Klerikalen fest vernietet wurde. Der Pater verbürgte sich förmlich, daß der Klerus für Se. kaiserliche Majestät einstehen würde, und auf Grund dieser Bürgschaft hin — es ist märchenhaft dumm, aber wahr — gab dann Señor Larez seinerseits großartig die Versicherung ab, daß Maximilian auf eine schlagfertige Armee und sofort an 4 Millionen Pesos zählen könne, welche 4 Millionen „man finden werde“. Wo? sagte er nicht. Dann verschritt man sogleich zur Vertheilung der Rollen in dem neu anzuhebenden Kaiserschwindelstück, insbesondere der militärischen. Der General Marquez sollte unter dem Oberbefehl des „Kaisers“ selbst die Hauptstadt und das Hochthal von Anahuak gegen den dorthin vordringenden Porfirio Diaz vertheidigen, Miramon gen Norden eilen, um sich den Truppen Eskobedo's entgegenzuwerfen, Mejia in der Sierra von Queretaro die kaiserliche Fahne wieder entfalten.

Am 1. Dezember ließ der Erzherzog ein Manifest

„an die Mexikaner“ von Orizaba ausgehen, worin er bekanntgab, was in La Jalapilla vorgegangen, — nämlich, wohlverstanden, vor den Kulissen. Er verkündigte in diesem Aktenstück — er, der sich mit Haut und Haar den Klerikalen verschrieben hatte — daß er „auf der breitesten und liberalsten Grundlage einen Nationalkongreß versammeln wolle, an welchem alle Parteien theilnehmen sollten, und dieser Nationalkongreß werde zu bestimmen haben, ob ein Kaiserreich in Zukunft bestehen soll“. Zur Vervollständigung der abermaligen Ueberraschung, welche dieses Manifest im französischen Hauptquartier verursachte, zeigten dann zwei Tage später die Minister Larez und Arroyo den Herren Bazaine, Dano und Castelnau an, daß „Se. Majestät nach ernsthafter und langer Erwägung und nach dem Rathe seiner Minister und seines Staatsraths, gestützt auf die von der Nation ihm übertragene Gewalt, sich entschlossen habe, seine Regierung mit den alleinigen Hilfsmitteln des Landes fortzuführen und aufrecht zu erhalten, da der Kaiser der Franzosen erklärt, außer Standes zu sein, das Reich fernerhin mit seinen Truppen und mit seinem Gelde zu unterstützen".

Man war demnach über die gegenseitige Stellung ganz klar: — die Franzosen wollten den Erzherzog und der Erzherzog wollte die Franzosen zum Lande hinaushaben.

Die französischen Bevollmächtigten hatten in einer vom 31. Oktober datirten Depesche aus Paris die Weisung erhalten, Napoleon der Dritte wünsche, daß Maximilian Mexiko verlassen möge („le désir de l'empereur est de voir Maximilien quitter le Mexique"), und in ihrer am 8. Dezember erlassenen Antwort auf die Zuschrift der Herren Larez und Arroyo paraphrasirten sie diesen Wunsch ihres Gebieter also: „Die Bevollmächtigten Frankreichs haben nach reiflicher Prüfung der Sachlage die Ueberzeugung gewonnen, daß die kaiserlich-mexikanische Regierung unvermögend sein werde, mit ihren alleinigen Hilfsmitteln sich zu behaupten (les agents de la France, après avoir mûrement examiné la situation, ils sont arrivés à cette conviction que le gouvernement imperial serait im-

puissant à se soutenir avec ses seules ressources)". Das „kaiserliche" Ministerium zögerte nicht, auf diese Replik zu dupliciren, und zwar in Form eines weitläufigen Cirkulars, in dessen Verlaufe mit dürren Worten Frankreich des Vertragsbruches bezüchtigt und angeklagt wurde.

Ein gewisser „sic notus Ulixes" hatte aber diese neue Anreizung zur Ungeduld und zum Zorne nicht abzuwarten gebraucht, um ungeduldig und zornig zu werden. Wie, dieses Nichts von Erzherzog mit seiner lächerlichen Rauschgoldkrone auf dem Kopfe wagt gegen Unsere Omnipotenz zu rebelliren? Quem ego! Wir haben gewollt, daß er nach Mexiko ginge; jetzt ist es Unser souverainer Wille, daß er aus Mexiko gehe — fini!

Am 13. Dezember ging aus dem Schlosse Compiègne diese Depesche ab: „Der Kaiser an Castelnau: — Senden Sie die Fremdenlegion und alle Franzosen, Soldaten und Nichtsoldaten, alle, welche es wünschen, heimwärts; ebenso die östreichische und belgische Legion, wenn sie es verlangen (rapatriez la légion étrangère et tous le français soldats ou autres qui désirent rentrer, ainsi que les légions autrichienne et belge, si elles le demandent)“.

Das hieß mit einem Schlage den Erzherzog des Beistandes aller fremden Streitkräfte berauben; denn daß die östreichischen und belgischen Söldlinge den aus Mexiko abziehenden Franzosen sich anschließen müßten und würden, konnte nicht zweifelhaft sein. Man wußte auch in Compiègne gar wohl, was man mit dieser Depesche wollte und that. Man wollte endlich einmal dieses ewigen Aergers, welcher aus dem vermaledeiten mexikanischen Kaiserschwindelgeschäft tagtäglich erwuchs, los und ledig sein. Gaben doch auch diese verteufelten Yankees keine Ruhe. Da hatte z. B. wieder am 23. November der unhöfliche Seward an den nicht viel höflicheren Bigelow geschrieben: „Sagen Sie dem Marquis de Moustier, unsere Regierung sei erstaunt und gekränkt, erfahren zu müssen, daß die uns zugesagte Rückführung der ersten Abtheilung französischer Truppen aus Mexiko, welche in diesem Monate hätte erfolgen sollen, verschoben worden sei“.

Die Aktenlage gestattet nicht nur, sondern fordert auch die bestimmte Vermuthung, daß der General Castelnau den geheimen Auftrag gehabt habe, den östreichischen Prinzen nöthigenfalls mit Gewalt zur Abdankung zu zwingen. Allein der Marschall Bazaine, um seine unumgängliche Mitwirkung angegangen, muß diese verweigert haben, weil der kluge Mann nur auf Grund eines schriftlichen Befehls von Seiten Napoleons in der bezeichneten Richtung vorgehen wollte, Castelnau aber einen solchen Befehl nicht vorweisen konnte. Der General berichtete am 7. Dezember nach Hause, wie die Sachen ständen und lägen, und erhielt folgende Antwort: „Paris 10. Januar 1867. Der Kaiser an Castelnau: „Zwingen Sie den Kaiser nicht zur Abdankung, aber halten Sie den Abzug der Truppen nicht hintan. Schicken Sie alle heim, welche nicht bleiben wollen (ne forcez pas l'empereur à abdiquer: mais ne retardez pas le départ des troupes. Rapatriez tous ceux qui ne veulent pas rester)".

Unlange, bevor der Inhalt der aus Compiègne datirten Depesche vom 31. Dezember zur Kenntniß des Erzherzogs gekommen war, hatte er einen Privatbrief der Kaiserin Eugenie aus Paris erhalten, dessen Inhalt ihn, wie er sagte, „sehr stärkte". Der Brief muß also recht tröstlich gelautet haben. Schade nur, daß die Schreiben Ihrer Majestät und Seiner Majestät nicht sehr mit einander harmonirten. Bekanntlich sind eben zwei Eheseelen nicht immer „ein Gedanke".

Maximilian — das war die Summe aller auf der Schwelle vom Jahre 1866 zum Jahre 1867 zwischen ihm und dem französischen Hauptquartier gepflogenen Verhandlungen — hatte also erklärt, daß er „nicht in einem der Gepäckwagen der französischen Armee nach Europa zurückkehren", sondern in Mexiko sein Glück auf eigene Hand ferner versuchen wollte, und die Franzosen ihrerseits bereiteten sich den Befehlen ihres Kaisers gemäß alles Ernstes zum raschen und vollständigen Abzug aus dem Lande.* Zu Ausgang Dezembers stand die Hauptmasse ihrer Streitkräfte in und bei der Hauptstadt, während andere Abtheilungen, staffelförmig längs der Straße nach Veracruz vertheilt, nur des

Kommando's zum Hinabmarschiren nach der Küste harrten.

Der Erzherzog, durch die Gaukeleien des unseligen Pater Fischer verblendet, hatte sich derweil von Orizaba wieder der Hochebene von Anahuak zugewandt. In Puebla etliche Tage verweilend, hatte er eine Zusammenkunft mit den Herren Dano und Castelnau, die ihm entgegengereis't waren, ihn noch einmal um seine Abdankung und Abreise anzugehen. Umsonst. Sodann von Puebla nach Mexiko gekommen, konnte sich der Prinz ganz unmöglich der Einsicht verschließen, daß die ihm gemachten Verheißungen von Seiten des Klerus bislang größtentheils Verheißungen geblieben waren. Es fehlte an Geld, an Soldaten, an Waffen, an Verstand, Begeisterung, Thatkraft, es fehlte an allem und jedem. Von Tag zu Tag, von Stunde zu Stunde folgten sich die niederschlagenden Botschaften von den Vorschritten der Republikaner. Ein fester Platz nach dem andern, eine Stadt, eine Provinz nach der andern fiel in ihre Hände. Was half es, daß die abziehenden Franzosen Plätze und Städte den „kaiserlichen" Truppen überantworteten? Sobald die Franzosen weg waren und die republikanischen Banner vor den Mauern erschienen, erfolgte die Uebergabe an sie so rasch und regelmäßig, als handelte es sich bloß um ein selbstverständliches Geschäft. Die Stunde des vollständigen Triumphes der Republik ließ sich von allen, welche rechnen konnten und wollten, mit mathematischer Genauigkeit vorhersehen und vorhersagen. Natürlich mußte bei solchen Verhältnissen die Berufung eines Nationalkongresses durch die „kaiserliche" Regierung das bleiben, was sie vom Anfang an gewesen war: ein barocker Einfall.

Der Erzherzog mußte das alles sehen, wenn er die Augen aufthat. Zuweilen that er sie wirklich auf, wie z. B. an dem Tage, wo er Bazaine zu einer Unterredung nach der Hacienda La Teja entbieten ließ. Der Marschall ging frei mit der Sprache heraus, als ihn der Prinz fragte, was er von der Lage des „Kaiserthums" halte. „Nach der Rückberufung unserer Truppen — sagte er —

gibt es für Sie in diesem Lande nur noch Gefahren und keine Möglichkeit mehr, Ruhm zu erwerben. Von dem Augenblick an, wo die Vereinigten Staaten ihr Veto offen Ihrem Thron entgegenstellten, hatte derselbe nur noch eine Scheinexistenz und selbst ein Hilfskorps von 100,000 Franzosen würde hieran nichts ändern. Ich rathe Ihnen daher, abzudanken und abzureisen." Maximilian war sehr nachdenklich geworden. Endlich gab er zur Antwort: „Ich vertraue Ihnen und bitte Sie daher, einer Junta anzuwohnen, welche ich auf den 14. Januar in den Palast zu Mexiko zusammenberufen will. Ich werde mit dabei sein. Sprechen Sie dort Ihre Meinung aus. Stimmt die Mehrheit Ihnen zu, so reise ich ab; verlangt sie aber, daß ich bleiben soll, so braucht man darüber weiter kein Wort mehr zu verlieren. Denn ich werde bleiben, weil ich nicht einem Soldaten gleichen will, der sein Gewehr wegwirft, um rascher aus der Schlacht fliehen zu können".

Hochherzige Worte, sonder Zweifel, ehrlich gemeint und brav; aber —

„Was man will, zu können
Macht den großen Mann —“

hatte der Prinz vor Zeiten gesagt und er konnte sich unmöglich einbilden, daß er können würde, was er wollte. Auch der arme Don Quijote war ein Held, aber eben ein donquijotischer.

Und in der Narrethei des sinnreichen Kabellero de la Mancha ist wenigstens Methode und Konsequenz gewesen. Der Schattenkaiser von Mexiko dagegen schwankte so recht seinem Verhängniß entgegen, heute hierhin geneigt, morgen dorthin gewendet. In der Unterredung mit Bazaine, der ihm die Dinge zeigte, wie sie waren, hatte er die Augen offen gehabt. Dann aber war der Pater Fischer gekommen, hatte ihm blauen Dunst vorgemacht und in den Wolken desselben ihn die Dinge sehen lassen, wie er sie wünschte. Daraufhin brach er sein dem Marschall gegebenes Wort und erschien nicht in der anberaumten Versammlung, welche am 14. Januar im Regierungspalaste zusammentrat. Bazaine vermerkte das mit Recht sehr übel, ließ sich aber auf Bitten der Versammelten, lauter Grundsäulen und Hauptstützen des „Kaiserthums", doch herbei, den Herren in Form einer motivirten Erklärung seine Meinung zu sagen, welche dahin ging und nur dahin gehen konnte, daß es für den „Kaiser" wie am klügsten, so auch am ehrenvollsten sei, abzudanken, weil es sich herausgestellt, daß die überwiegende Mehrheit der Nation nichts von der Monarchie wissen wollte und weil sich der Erzherzog nach dem Abzug der Franzosen und der Fremdenlegionen unmöglich werde halten können.

Nachdem der Marschall die Sitzung der Junta verlassen hatte, brachte er sein abgegebenes Votum noch zu Papier und ließ das Schriftstück dem „Kaiser" zustellen. Gewarnt also hat Bazaine den Erzherzog, eindringlich, wiederholt, mündlich und schriftlich gewarnt, das steht aktenmäßig fest.

Nach der Entfernung des Marschalls trat die Junta, 40 Mitglieder stark, in Berathung über die Frage: „Soll das „Kaiserthum" aufrechtgehalten und der Kampf desselben gegen die Republik fortgesetzt werden?" Unter den Vierzig waren Vier, welchen der Parteifanatismus das Licht des gesunden Menschenverstandes noch nicht ganz ausgeblasen hatte. Aber die Fanatiker — welche übrigens nachmals, ganz wenige ausgenommen, ihre theuren Personen bei Zeiten salvirten — trugen es gegen diese 4 Nein mit 36 Ja davon. Der Entscheidungsschlag dieser Abstimmung war auch gegen die Franzosen im Allgemeinen gerichtet und gegen die Machenschaften Castelnau's und Dano's im Besonderen. Wenn diese auf Wiederherstellung der mexikanischen Republik unter die vieldeutigen „französischen Interessen“ sicherstellenden Bedingungen abzielenden Machenschaften jetzt noch einen Sinn haben sollten, so mußte von Seiten der Franzosen sofort mit Gewalt gegen den „Kaiser“, das „Kaiserthum“ und die ganze Klerisei und Rückwärtserei vorgegangen werden. Castelnau und Dano wären hiezu zweifelsohne bereit gewesen, allein Bazaine wollte sich ohne einen ausdrücklichen Befehl von Paris nicht dazu verstehen. Natürlich verloren damit die zwischen dem französischen Hauptquartier und einigen republikanischen Generalen angeknüpften Beziehungen ihren Hauptzielpunkt. Man beschränkte sich von da ab auf die Erweisung von gegenseitigen Artigkeiten, besonders bei Auswechselung der Gefangenen. Wir gehen, sagten die Franzosen, und wenn wir fort sind, mögt ihr zusehen, wie ihr mit dem Kaiserschwindel fertig werdet. Wohl, erwiderten die Republikaner, geht im Frieden! Mit der Parodie von Montezuma's Thron und Krone werden wir kurzen Prozeß machen ... Die republikanischen Führer haben auch deutlich genug erkennen lassen, welches Schicksal dem Autor des Dekrets vom 3. Oktober bevorstände, so er in ihre Hände fiele. Daher die Bemühung des Marschalls, dem unglücklichen Erzherzog bis zur letzten Möglichkeit einen Weg zum Entkommen offen zu halten. Diese Gerechtigkeit muß man Bazaine widerfahren lassen und es zeigt entweder von grober Unkenntniß oder von plumper Bosheit, wenn man gesagt hat, er habe den östreichischen Prinzen an's Messer geliefert.

An dem schicksalschweren 14. Januar platzte auch die Seifenblase der Berufung eines Nationalkongresses durch Maximilian. Die Junta erklärte nämlich, eine solche Berufung sei „unnütz und überflüssig". Man war voll lächerlich-stolzer Zuversicht, man wiegte sich in den thörichtesten Einbildungen, wie sich ja der Erzherzog selber noch immer einbildete, einen Mann wie Porfirio Diaz für sich gewinnen zu können. Das „kaiserliche" Ministerium that ordentlich dick mit seinen Mitteln. Der Herr Kriegsminister sagte: „Ich habe 250,000 Pesos in meiner Kasse". Der Herr Finanzminister: „Und ich 11 Millionen, wovon 8 sogleich flüssig". Das „Kaiserthum" rüstete sich also zum Kampf. Es hielt sich für gesund und kräftig, weil es, schon in seine Agonie eingetreten, krampfhaft mit Armen und Beinen um sich schlug.

Zu Ende Januars begann der Abzug und die Einschiffung der Franzosen. Mit ihnen oder vielmehr noch vor ihnen gingen die östreichischen und belgischen Söldnertruppen, welche zuerst eingeschifft wurden. Nur etwa 500 ungarische Husaren blieben bei dem Erzherzoge zurück. Am 8. Februar wurde die Fahne, welche über dem französischen

Hauptquartier zu Buena-Vista bei Mexiko geflattert, herabgenommen. Der Marschall brach auf, hielt aber noch Angesichts der Hauptstadt für einen Tag und eine Nacht lang wieder an, um dem „Kaiser" Zeit zu lassen, seinen Entschluß zu bereuen und ihm nachzukommen. Abgesehen von allem Anderen mußte aber dem Prinzen dies schon die Erbitterung darüber verwehren, daß Bazaine vor seinem Scheiden von der Hauptstadt in einer an die Bevölkerung derselben gerichteten Proklamation die Worte gesprochen hatte: „Es lag nie in den Absichten Frankreichs, euch eine Regierungsform aufzudrängen, welche euren Gefühlen zuwiderlief" — eine offizielle Lüge, so hoch und so dick wie der Popokatepetl. Am **14.** Februar meldete der General Castelnau vor seiner Einschiffung von Veracruz an Napoleon den Dritten: „Unser Abzug aus Mexiko hat unter allgemeiner Sympathiebezeugung stattgefunden (n'a provoqué que des manifestations sympathiques). Der Kaiser bleibt in Merico, wo vollkommene Ruhe herrscht (où tout est tranquille)" — eine offizielle Lüge, so hoch und so dick wie die Iztaccihuatl. Der Marschall machte auf seinem Rückzuge in Puebla einen fünftägigen und dann auch noch in Veracruz einen mehrtägigen Halt, um den „Kaiser“ zu erwarten, falls sich derselbe doch noch entschlossen hätte, ein Spiel, das er, so er bei fünf gesunden Sinnen, für ein verlorenes ansehen mußte, aufzugeben. Bazaine kehrte sogar auf das Gerücht hin, Maximilian käme von der Hochebene herabgeflohen, von Veracruz noch einmal nach La Soledad um, den Flüchtling aufzunehmen. Das Gerücht erwahrte sich jedoch nicht. Der Erzherzog war, statt der Küste zuzueilen, zu dieser Zeit schon gen Nordwesten nach Queretaro gezogen.

Am 11. März von 1867 übergab der französische Kommandant die Hafenstadt Veracruz an den „kaiserlichen“ General Gomez. Der Marschall ging an Bord des „Souverain“ und wenige Tage darauf verließ das letzte französische Schiff mit dem letzteingeschifften französischen Bataillon die Rhede.

So endete die Verwirklichung der „größten Idee“ des zweiten Empire, — ein Abenteuer, in dessen Schlund Frankreich Myriaden seiner Söhne und 1 Milliarde seines Geldes geworfen hatte. Heureuse France!

15.

Der 19. Juni.

Titus Livius hat in einem geretteten Bruchstücke seines verlorengegangenen 120. Buches, da, wo er von des Cicero tragischem Ende spricht, über den berühmten Redner der Philippiken gegen Verres, Katilina und Antonius das Urtheil gefällt: „Keines seiner Mißgeschicke ertrug er manneswürdig, ausgenommen seinen Tod"*). Ein strenges, ein herbes, aber doch ein wahres und gerechtes Wort.

Man könnte dasselbe, mit noch einiger Milderung vielleicht, auf den Erzherzog Maximilian anwenden, um so mehr, da er freilich nicht an Genie,

---

*) Omnium adversorum nihil ut viro dignum erat tulit, praeter mortem.

aber doch an Unbeständigkeit des Charakters mit dem Todten von Formiä verglichen werden darf.

Ob er seinen Entschluß, einer, mildestens gesagt, zweideutigen Faktion auf Gnade und Ungnade sich hinzugeben und in Mexiko auszuharren, komme, was da wolle, nie bereut hat? Man weiß es nicht. Ob er aber diesen Entschluß überhaupt gefaßt hätte, so er gewußt, daß der falsche Miramon, bevor derselbe im Herbste von 1866 aus Europa nach Mexiko zurückgekehrt war, in einem pariser Salon ganz laut gepralt hatte, er kehre nur heim, um nach dem voraussichtlichen Sturze des „Kaiserthums" den Präsidentenstuhl wieder einzunehmen? Vielleicht nicht, vielleicht aber doch; denn er würde sich geschmeichelt haben, daß dieser Mensch nicht wagen würde, feindselig gegen ihn aufzutreten. Eine der vielen Illusionen des Erzherzogs, da ja kein Zweifel gestattet ist, daß Miramon, falls er nach dem Abzuge der Franzosen als „kaiserlicher" General so glücklich gewesen wäre, wie er unglücklich war, sofort eine Schilderhebung gegen den „Kaiser" begonnen haben würde. Es ist die Lächerlichkeit der Lächerlichkeiten, wenn man den „Märtyrertod" dieses Erzhalunken mit sentimentalem Brillantfeuer zu beleuchten versuchte. Miramon würde den östreichischen Prinzen zehnmal verrathen haben, falls er sich damit von tödtlichen Kugeln, die niemals ein verrätherischeres Herz durchbohrten, hätte loskaufen können. Zudem hatten Hunderte seiner republikanischen Landsleute das Recht der Blutrache auf den grausamen Pfäffling, der das Blut der Liberalen wie Wasser vergossen hatte.

Wußte Maximilian, daß er um seinen Kopf spielte, als er das Spiel der Rückwärtser vollständig zu dem seinigen machte?

Unbedingt ja!

Es ist rein unmöglich, daß der, welcher zum Werkzeuge der bonaparte'schen Politik in Mexiko sich hergegeben, der, welcher das Dekret vom 3. Oktober verfaßt und verkündigt hatte, nicht gewußt hätte, daß, falls er den Republikanern in die Hände fiele, die Führer derselben ihn schlechterdings nicht retten könnten.

Hierauf, auf dem Entschlusse, das Spiel anzu-

nehmen, wie es lag, beruht die tragische Würde seines Untergangs.

Das Trauerspiel in Mexiko hat auch das Eigenthümliche, daß der Held desselben erst in den letzten Scenen zu einer Höhe heranwächst, welche ein reinmenschliches Mitgefühl erregt und rechtfertigt. Indem er nicht mehr um die Verwirklichung seiner phantastischen Herrscherträume, an welchen er verzweifeln mußte, sondern nur noch um die Bewahrung seiner Ehre kämpfte, die er bewahren konnte, sühnte er sterbend seine Schuld ...

Schon wenige Tage nach dem Abzuge der Franzosen konnte sich der Erzherzog über seine Stellung unmöglich mehr einer Täuschung überlassen. Er mußte merken, daß ihm statt des Joches eines treulosen Verbündeten, welches so schwer auf ihm gelastet hatte, jetzt noch ein viel schwereres aufgelegt war, das Joch der Parteityrannei.

Und vollends das Joch dieser Partei, welche, ganz wenige Ausnahmen abgerechnet, aus lauter Miramons zusammengesetzt war. Diese Menschen bereuten bald, den östreichischen Prinzen im Lande zurückgehalten zu haben, als sie merkten, daß sie die Bedeutung der Ziffer, welche Maximilian in ihrem Kalkül vorstellte, viel zu hoch angeschlagen hätten.

Die Klerikalen hatten nämlich gehofft, die geradezu feindselige Stellung, welche sie zuletzt gegen die Franzosen eingenommen, ihre Allianz mit den fremden Eindringlingen und Vergewaltigern aus dem Gedächtniß ihrer Landsleute hinwegzuwischen. Trotzdem hielten sie in wunderlicher Bornirtheit den durch die Franzosen importirten „Kaiser" zurück, weil sie in der Person desselben ein kostbares Pfand in Händen zu haben wähnten. Sie lebten ja bis zur Wegfahrt des letzten französischen Schiffes von der mexikanischen Küste des festen Glaubens, Napoleon der Dritte dürfte und würde unter keinen Umständen seinen Schützling ganz im Stiche lassen. Die Rücksicht auf Oestreich, die Rücksicht auf den eigenen und auf den europäischen Monarchismus müßte ihm dies gebieten, von der Ehre im Allgemeinen und von der französischen Gloire im Besonderen gar nicht zu reden. Sowie sie nun erkennen mußten, daß das alles nur Täuschungen, welche sie sich selber vorgegaukelt hätten, war ihnen der unglückliche Prinz nur noch eine Last und eine Bürde, ein hinderlicher Figurant, welchen sie beiseite zu schieben nicht anstanden.

Hieraus erklärte sich auch der falsche Schritt, welchen der „Kaiser“ that, d. h. welchen man ihn thun machte, als er die Hauptstadt verließ. Die Herren Larez und Marquez, welche ihn hiezu bewogen, wußten wohl, warum. Die Vorzüge seiner Person, seine Einfachheit, Anspruchlosigkeit und Freundlichkeit hatten dem Prinzen gerade in der Hauptstadt viele Zuneigung gewonnen. Hier, wo man ihn von seiner besten Seite kennen gelernt, hatte er auch den festesten Halt, soweit eben von einem solchen überhaupt die Rede sein konnte. Daß aber der „Kaiser“ etwas sei und bedeute, durch sich selbst etwas bedeute, stimmte nicht mit den Ansichten der Larez, Marquez und Konsorten. Sie fürchteten auch, der Erzherzog könnte, so lange er im

Besitze der Hauptstadt wäre, diese seine Stellung benützen, um mit den Republikanern in Unterhandlungen zu treten, welche unter Umständen nicht ganz hoffnungslos sein dürften; sie fürchteten, solche Unterhandlungen könnten möglicher Weise dahin führen, daß Maximilian am Ende auf ihre, der Klerikalen Kosten irgendwie seinen Frieden mit den Liberalen machen würde. Leider muß man sagen, daß diese Befürchtung nicht ganz der Grundlosigkeit geziehen werden kann, wenn man bedenkt, wie sehr der Erzherzog von seiner Ankunft in Mexiko an zwischen den Parteien hin und her geschwankt war. Larez und Marquez und Konsorten wollten in der Hauptstadt selber die Herren sein, um diese Stellung so lange als möglich ausnützen zu können. Lange währte das freilich nicht; denn das eine Hauptheer der Republikaner unter Diaz operirte gegen die Hauptstadt zu, während das andere unter Eskobedo auf Potosi, Zakatekas und Queretaro vorging.

Im Februar wußte die Umgebung des „Kaisers“ demselben weiszumachen, daß „strategische Rück-

sichten" seine Anwesenheit in der nordwestlich von Mexiko in der Sierra von Queretaro gelegenen gleichnamigen Stadt forderten. Es sei schlechterdings nöthig, dem in jener Gegend kommandirenden Miramon, welchen Eskobedo vor sich hertrieb, Hilfe zu bringen. Der Erzherzog ging auf dieses Ansinnen ein und marschirte nach Queretaro, in welche wohlgebaute und feste Stadt er am 21. Februar einzog, während 18 Tage früher der Präsident Juarez seinen Regierungssitz in Zakatekas aufgeschlagen hatte.

In der Hauptstadt war Marquez als Befehlshaber zurückgeblieben und setzte unter eifriger Mitwirkung seines Spießgesellen Vidaurri ein schamloses Raub- und Schreckensregiment in Gang. Diese „loyalen" und „frommen" Leute zeigten der Einwohnerschaft recht gründlich, was es hieße, Thron und Altar aufrechtzuhalten. Der Todeskampf des Kaiserschwindels nahm überhaupt einen sehr gewaltsamen und blutigen Verlauf. Denn die siegreich vorschreitenden Republikaner thaten ihrerseits das Rachewerk mit Unerbittlichkeit. Waren sie doch zu bitter gereizt, zu grausam verfolgt worden, als daß der mexikanischen Anschauung ein Verzicht auf vollwichtige Vergeltung auch nur als Möglichkeit hätte vorschweben können. Hier hieß es: „Wie du mir, so ich dir!"

Die Hauptstadt, Queretaro und Veracruz waren bald die einzigen drei Plätze, wo die „kaiserliche" Fahne noch wehte, und diese drei Plätze waren vollständig von einander abgeschnitten, nachdem Diaz am 2. April Puebla genommen und zur Einschließung von Mexiko vorgegangen war, während Eskobedo noch früher die Umzingelung von Queretaro bewerkstelligt und die Belagerung der Stadt begonnen hatte.

Queretaro ist auf einem Hügel erbaut, welcher sich aus der Centralhochebene von Anahuak erhebt. Die Stadt ist eine der gesundesten, schönsten, gewerbigsten und wohlhabendsten des ganzen Landes. Ihre freie Lage, sowie ihre massive Bauart verleihen ihr eine beträchtliche Vertheidigungsfähigkeit. Der „Kaiser" hatte, von dem treuen Mejia unterstützt, hier eine Streitmacht von 15,000 Mann zusammengebracht, die besten Leute von allen, welche die „kaiserlichen" Waffen getragen hatten. Auch Miramon war da und scheint sich muthig und standhaft benommen zu haben, denn Maximilian hat ihm bis zum letzten Augenblick Vertrauen bezeigt. Es war freilich auch gar nichts mehr zu machen als muthig und standhaft zu sein; denn schon zu Ende des März war die Lage der Belagerten eine hoffnungslose, weil von keiner Seite her auch nur die geringste Hilfe erwartet und die von Eskobedo's 25,000 Mann starkem Heer um die Stadt her gezogene Belagerungslinie nicht durchbrochen werden konnte. Miramon wußte außerdem sehr wohl, daß ihm auch ein an dem „Kaiser" versuchter oder gelungener Verrath bei den Republikanern keine Verzeihung und Schonung erwirken würde. Es ist beklagenswerth, daß der Erzherzog an der Seite dieses Menschen auf dem Richtplatz sterben mußte. Warum war es ihm nicht vergönnt, an der Spitze der Indianer Mejia's und seiner ungarischen Husaren mit dem Degen in der Hand einen braven Soldatentod zu finden! An Gelegenheit hiezu hat er es, tapfer allen Gefahren sich aussetzend, während der Vertheidigung Queretaro's seinerseits nicht fehlen lassen.

Aber es sollte nicht sein. Das Verhängniß mußte vollendet und eine große Lehre gegeben werden.

Das Hoffnungslose des Widerstandes mußte sich übrigens den Vertheidigern der belagerten Stadt bald um so fühlbarer machen, als noch vor Ablauf des März Mangel in der Stadt sich einzustellen begann. Maximilian versuchte also — wir dürfen wohl annehmen, weit mehr um seiner Leute als um seiner Person willen — Unterhandlungen mit Eskobedo. Er bot demselben die Uebergabe der Stadt an unter der Bedingung, daß ihm, seinen europäischen Begleitern und Soldaten freier Abzug aus dem Lande bewilligt, seinen mexikanischen Anhängern aber eine Amnestie zugesichert würde. Der republikanische General erwiderte, er sei befehligt, Queretaro zu nehmen, nicht aber, mit dem angeblichen Kaiser von Mexiko — er kenne gar keinen solchen — zu unterhandeln. Im Uebrigen schreie das Blut seiner beiden Kameraden Arteaga und Salazar, sowie das von Hunderten seiner Waffengefährten, die allesammt in Folge des Dekrets vom 3. Oktober erbarmungslos erschossen worden seien, um Rache. Von Eskobedo also abgewiesen, ließ der Erzherzog seinen Kapitulationsantrag auch dem Präsidenten Juarez zukommen, erhielt aber gar keine Antwort.

Am 6. Mai machten die Belagerten ihren fünfzehnten und letzten Ausfall, um sich durchzuschlagen, wurden aber zurückgetrieben. Die Mittel des Widerstandes waren jetzt völlig erschöpft und man konnte nur noch versuchen, mit Ehren zu sterben. Hiezu sollte ein nochmaliger Ausfall Gelegenheit geben, welchen der Erzherzog auf die Nacht vom 14. auf den 15. Mai anordnete. Aber er kam nicht zur Ausführung, denn bekanntlich ist Queretaro in derselben Nacht oder vielmehr in der Morgenfrühe des 15. Mai den Belagerern in die Hände gefallen. Um $4^1/_2$ Uhr Morgens waren die Republikaner überrumpelnd in das Kloster La Cruz, wo Maximilian sein Hauptquartier hatte, eingedrungen.

Der Erzherzog konnte sich in Civilkleidung, begleitet von seinem treuen Adjutanten Prinz Salm, aus La Cruz nach einem andern Bollwerk der Stadt, dem Cerro de las Campanas, flüchten, weil ein Oberst der Republikaner den „Kaiser" erkannt hatte, ihn großmüthig retten wollte und seinen Leuten befahl, denselben passiren zu lassen, da er „ein Bürger" sei. Der von den Belagerern engumschlossene und mit Granaten überschüttete Cerro de las Campanas war jedoch nur noch für etliche Stunden widerstandsfähig. Die Stadt befand sich schon in den Händen der Republikaner. Um 7 Uhr entsandte der Erzherzog einen Parlamentär, um die Uebergabe des Cerro anzubieten, — eine Uebergabe, welche selbstverständlich nur eine auf Gnade und Ungnade sein konnte. Um 8 Uhr überlieferte Maximilian seinen Degen an General Eskobedo.

So fiel Queretaro, wo 500 Offiziere und 7000 Soldaten vor den Siegern die Waffen streckten. Am 19. Juni schlich sich Marquez aus der belagerten Hauptstadt, worauf sich diese auf Gnade und Ungnade an ihren Belagerer Diaz ergab. Am 27. Juni zogen die Republikaner auch in Veracruz ein. Damit war der Kaiserschwindel, welcher den „Kaiser“ noch um eine Woche überlebt hatte, aus und verschwunden, die Republik im ganzen Umfange des mexikanischen Gebietes wieder hergestellt und die Autorität des Präsidenten Juarez anerkannt.

Der konnte dann mit denselben alten, treuen, zähen Prinzipmannshänden, womit er die verrathene, verfolgte und geächtete republikanische Fahne unter tausend Sorgen, Nöthen und Gefahren vor der Demüthigung, Besudelung oder gar Zerreißung durch eine tückische Invasion und eine schwindelhafte Usurpation bewahrt und gerettet hatte, die triumphirende in das Hochthal von Anahuak zurück und auf die Plaza mayor von Mexiko wieder hinein tragen. . . .

Allgemein ist die Meinung, der östreichische Prinz sei an jenem Maimorgen durch Verrath in die Hände seiner Feinde gefallen. Der Oberst Miguel Lopez, ein Oheim der Frau Marschallin Bazaine, auch Ritter der französischen Ehrenlegion und gern gesehener Gast in den Tuilerien, soll den Erzherzog um 10,000 Pesos an Eskobedo verrathen und verkauft, d. h. an jenem Morgen den Belagerern das Thor von La Cruz aufgethan und sie sogar bis in das Schlafzimmer Maximilians geführt haben. Allem nach, was man von diesem Lopez weiß, war er ganz der Mann dazu, diese Infamie zu begehen, und die bestimmte, die Vorgänge vom Morgen des 15. Mai klar und überzeugend veranschaulichende Bezeugung des Prinzen Salm-Salm läßt keinen Zweifel mehr übrig, daß er sie wirklich beging. Eskopedo meldete die Uebergabe Queretaro's und die Gefangennahme Maximilians also an den Kriegsminister der Republik nach San Luis Potosi, wo der Regierungssitz sich befand: — „Lager vor Queretaro, am 15. Mai 1867. Heute Morgen um 3 Uhr haben unsere Truppen La Cruz genommen, indem sie den Feind an jenem Punkte überrumpelten. Kurz darauf wurde die Garnison des Platzes gefangengenommen und die Stadt durch unsere Truppen besetzt, während der Feind mit einem Theil der seinigen sich auf den Cerro de las Campanas zurückzog, in großer Unordnung und von unserer Artillerie

19*

auf das Wirksamste beschossen. Schließlich, etwa um die 8. Stunde, ergab sich mir auf Diskretion Maximilian, ebenfalls auf dem erwähnten Cerro. Haben Sie die Güte, dem Bürger Präsidenten meine Glückwünsche zu diesem großen Triumphe der nationalen Waffen darzubringen". In dieser Depesche ist allerdings von dem Verrathe des Lopez keine Rede; aber man weiß ja, daß man von solchen Dingen nicht gerne spricht. Prinz Salm berichtet, daß nach seiner und des Erzherzogs Gefangennahme in ihrer Gegenwart ein höherer republikanischer Offizier den Lopez laut als Verräther bezeichnet und hinzugefügt habe: „Solche Leute benützt man und gibt ihnen dann einen Fußtritt".

Mit voller Zuversicht und Bestimmtheit darf und muß es ausgesprochen werden, daß der alte Juarez das Leben des gefangenen Prinzen gern gerettet gesehen hätte und retten wollte. Der verstandesklare Mann erkannte deutlich, daß es der siegreichen Republik zu höherem Ruhme gereichen müßte, des Gefangenen Leben zu schonen, als es ihr zum Nutzen gereichen könnte, dasselbe zu nehmen.

Allein mit der Logik des Verstandes ist gegen die Logik der Leidenschaft bekanntlich nicht aufzukommen und die letztere wurde mit Unbeugsamkeit namentlich durch Eskobedo, den Sieger von Queretaro, vertreten, welcher sich zum Organ aller Vergeltungswünsche — und diese waren zahllos — machte und es offen aussprach, die Gerechtigkeit müsse ihren Lauf haben, der Urheber des Dekrets vom 3. Oktober solle dessen Wirkung an sich selber erfahren und „die Bitterkeit des Trankes, den er den Republikanern eingeschenkt, auf der eigenen Zunge schmecken".

War vom Standpunkte des biblischen Jus talionis aus gegen diese Forderung etwas einzuwenden? Nein! Wehe den Besiegten! hatte der Erzherzog am 3. Oktober von 1865 den mexikanischen Patrioten zugerufen. Jetzt waren sie an der Reihe, diesen Ruf zu erheben, und so thaten sie.

Es stehe mit Grund zu vermuthen, daß, falls die Mexikaner von angelsächsischer, von germanischer Rasse wären, sie das großmüthige Gebaren, welches ihre nordamerikanischen Nachbarn zwei Jahre zuvor gegen die besiegten südstaatlichen Rebellen eingehalten hatten, jetzt ihrerseits gegen die besiegten „Kaiserlichen" ebenfalls hätten walten lassen; die romanische Rasse-Leidenschaft und Rachelust aber habe nach Blut begehrt und geschrieen, was wiederum klar die Superiorität der Germanen beweise und daß nur sie zu Trägern der Humanität berufen seien.

So hat sich, wie die Sage geht, der berühmte Hofrath und Professor Servilius Zirbeldrüse die Sache zurechtgelegt. Aber — so fragt Einer, dem das Gefühl der Wahrheit und Gerechtigkeit allzeit hoch über dem der Nationalität gestanden hat — wo war denn das Humanitätsmonopol der Sieger von germanischer Rasse in den Jahren 1848 und 1849? Die Gräber in den Wallgräben von Rastadt und in der Brigittenau, die Galgen von Arad geben die Antwort ...

Allerdings büßte der Erzherzog Maximilian die Schuld eines Anderen, welcher weit schuldiger war als er selbst. Das ist so herkömmlich in der

Welt. Ludwig der Vierzehnte und Ludwig der Fünfzehnte starben in ihren Betten, Ludwig der Sechszehnte litt auf dem Schaffot. Allein der östreichische Prinz büßte auch eigene Schuld: er hatte sich ja aus freien Stücken an dem frevelhaften Attentat auf die Unabhängigkeit eines Volkes betheiligt, das vollkommen in seinem Rechte war, wenn es die Attentäter, soweit es deren habhaft werden konnte, vernichtete. Wo, fragen wir, wo in aller Welt hätte sich ein Volk so etwas bieten lassen, ohne darüber in Wuth auszubrechen, ohne alle Kräfte anzustrengen, um zu seinem Recht und zu seiner Rache zu kommen? Kein human gebildeter Mensch, und wär' ihm auch die Brust siebenfach mit republikanischem Erz umpanzert, wird über den blutigen Ausgang Maximilians frohlocken. Aber ekelhaft, unsäglich ekelhaft ist es, einen Servilius Zirbeldrüse und Seinesgleichen über den Tod des Prinzen schluchzen zu hören, — Lakaienseelen, welche trockenen Auges ganze Völker zu Boden stampfen sehen können . . .

Die europäische Diplomatie, soweit sie zur

Zeit in Mexiko vorhanden war, hat eifrige Anstrengungen zur Rettung des gefangenen Erzherzogs gemacht. Dieselben mußten aber vergeblich sein; denn wie hätten die mexikanischen Republikaner etwas auf die Dazwischenkunft derselben Diplomatie, welche das „Kaiserthum" anerkannt hatte, geben können? Der östreichische Gesandte in Washington hatte, in Voraussicht der Katastrophe von Queretaro, auch die Verwendung der Unionsregierung bei Juarez nachgesucht und dieselbe wurde wirklich gewährt; allein der Präsident ließ an den Staatssekretär Seward die Antwort gelangen, er bedaure, sagen zu müssen, daß es geradezu unmöglich, den Prinzen zu begnadigen. Als der preußische und der englische Gesandte sich herausnahmen, an Juarez einen förmlichen Protest gegen die etwaige Hinrichtung Maximilians gelangen zu lassen, wurden sie kühl bedeutet, die Hinrichtung werde stattfinden, falls das Heil der Republik dieselbe gebiete.

Unter sothanen Umständen war natürlich die Prozessirung des Erzherzogs nur eine Formalität, wie das ja unter ähnlichen Verhältnissen allzeit und allenthalben der Fall gewesen ist und allenthalben und allzeit der Fall sein wird, solange die Menschen nicht zu Engeln avanciren, wozu nicht eben viel Aussicht vorhanden.

Dennoch scheint der alte Zapoteke einen leisen Hoffnungsschimmer, das Leben Maximilians zu retten, darin erblickt zu haben, daß er anordnete, der Prozeß des Prinzen solle der gewöhnlichen Standrechtsübung entzogen und vor ein eigens zu diesem Zwecke bestelltes Kriegsgericht gebracht werden. Juarez wollte dadurch augenscheinlich Zeit gewinnen, um die Leidenschaften wenigstens einigermaßen sich abkühlen zu lassen. Wäre es nach seinem Wunsche gegangen, so hätte das Kriegsgericht nicht auf Tod, sondern auf Landesverweisung erkannt, und, seltsam zu sagen, der Prinz scheint in dieser geheimen Hoffnung mit dem Präsidenten zusammengetroffen zu sein. Denn er setzte im Geheimen ein Schriftstück auf, kraft dessen er auf den Fall seiner Landesverweisung hin zu Gunsten des „Prinzen" Iturbide dem Thron entsagte und die

Herren Larez, Lakunza und Marquez zu Mitgliedern der Zwischenregierung ernannte — unglaublich, aber wahr! Wenn man von diesem Dokumente hört, so ist man doch sehr versucht, daraus auf zeitweilige Geistesstörung des Verfassers zu schließen; denn wie hätte ein Mensch von fünf gesunden Sinnen auch jetzt noch an der Illusion des Kaiserschwindels festhalten können?

In den letzten Tagen des Mai ließ der Erzherzog an den Präsidenten das Gesuch abgehen, zur Ordnung seiner Angelegenheiten und zur Führung seiner Vertheidigung Advokaten aus der Hauptstadt kommen lassen zu dürfen. Es wurde gewährt und ebenso das weitere, den östreichischen, preußischen und belgischen Gesandten herbescheiden zu dürfen. Nicht gewährt dagegen wurde des Gefangenen Wunsch, mit Juarez eine Unterredung zu haben. Die Advokaten und Diplomaten langten aus Mexiko an, doch wurden der östreichische, der belgische und italische Botschafter später aus Queretaro verwiesen, weil man sie der Betheiligung an Versuchen bezichtigte, welche die Flucht des Erzherzogs ermöglichen sollten. Dasselbe widerfuhr auch einer Dame, der Prinzessin Salm-Salm, Frau eines Adjutanten Maximilians, die ihren Diamantenschmuck zur Befreiung des Gefangenen verwenden wollte und in dieser Sache überhaupt hochherzigen Muth und Eifer entwickelte.

Das aus sieben Mitgliedern bestehende Kriegsgericht begann am 13. Juni seine Sitzungen, nachdem das Verlangen Maximilians, von einem Nationalkongresse gerichtet zu werden, abgeworfen worden war. Der unglückliche Mann, eines heftigen Fieberanfalls Beute, konnte nicht an den Schranken erscheinen, weßhalb sich die Prozedur zunächst gegen seine Mitangeklagten Miramon und Mejia richtete. Als sich der Kranke einigermaßen erholt hatte, wurde auch er vorgeführt und der Auditeur Aspiroz verlas die Anklageakte, hinzufügend, eine Appellation gegen den zu fällenden Urtheilsspruch sei unzulässig. Die Anklage ging auf Verschwörung, Usurpation und das an den rechtmäßigen Vertheidigern der Republik verübte Verbrechen der Aechtung. Dem Angeklagten stan-

ausgezeichnete Vertheidiger z
Sprache von denselben der
über die Kompetenz des Ge
Am 14. Juni 11 Uhr
die drei Angeklagte der Tode
Am 19. Juni ist derselbe auf d
gelegenen Cerro de las C
worden. Hier bildeten die Tr
großes, nach einer Seite o
General kommandirte die Exeku

um das Gräßliche weiter aus
jener Scenen verweilen,
auf's Neue die trostlose Wa
der Mensch trotz alleden
als eine schlechtgezähmte B
Uhr des Morgens fuhren
nem eigenen Wagen,
Alle drei hielten und
als ihnen auf der öff
ihre Standorte ang
die Urtheil noch ein

und die Erlaubniß zum Sprechen ertheilt. Mejia verhielt sich schweigsam, Miramon sprach nur wenige Worte. Der Erzherzog redete mit klangvoller Stimme also: „Ich sterbe für eine gerechte Sache, die der Unabhängigkeit und Freiheit Mexiko's. Möge mein Blut das Unglück meines neuen Vaterlandes auf immer besiegen! Es lebe Mexiko!" Diese kurze und authentische Grabrede Maximilians — denn die weitläufige ihm später in den Mund gelegte ist offenbar erdichtet — fand keinen Widerspruch, aber auch keinen Widerhall, nicht den leisesten. Nun winkte der Rettungslose den Feldwebel herbei, welcher das aufmarschirte Exekutionskommando befehligte, gab ihm eine Handvoll Gold, um dasselbe an die Mannschaft zu vertheilen, und sprach bittend die Worte: „Auf die Brust! Zielt nach dem Herzen! Zielt gut!"

Der Feldwebel trat zurück und blickte auf Eskobedo. Dieser nickte leicht mit dem Kopfe. „Adelante!" Die Schützen traten an. Ein entblößter Offiziersdegen hob sich, die Gewehrläufe senkten sich, der Degen hob sich abermals, die Schüsse krachten,

die Hörner gellten, die Trommeln wirbelten und über die drei Männerleichen am Boden hinweg scholl der wilde Triumphschrei: „Libertad y independencia!"

So starb Maximilian von Oestreich, der werth war, für eine bessere Sache zu sterben. Die Art, wie er die Sühne für seine Schuld leistete, beweis't das.

Darum wird kein fühlender Mensch dem Toden sein Mitleid versagen. Aber kein denkender Mensch wird anstehen, der tragischen Scene, welche am 19. Juni von 1867 auf dem Cerro vor Queretaro gespielt hat, eine weit höhere Bedeutung als eine nur persönliche zuzumessen.

In Wahrheit, der Sinn dieser Scene war ein weltgeschichtlich-ethischer. Denn sie hat gezeigt, wie alle Lug- und Trugmittel des Despotismus, alle Listen und Gewaltsamkeiten zunichtewerden an dem standhaften Willen eines Volkes. Sie hat bewiesen, daß es doch noch ein Höheres gebe als den Triumph des zeitweiligen, so oder so gewonnenen Erfolges, nämlich den Triumph des Rechtes. Sie hat offenbart, wie thurmhoch Prinzipmänner über Opportunitätspolitikern stehen. Sie hat festgestellt, daß der Cäsarismus, dem Europa feige sich fügte, wenigstens in Amerika einen unbesiegbaren Widerstand fand, an welchem das erschlaffte öffentliche Gewissen wieder sich aufrichten und kräftigen kann, und sie hat endlich eine Mahnung gegeben, daß, wenn der Gang der Nemesis zumeist nur ein langsames, lässiges und leises Schleichen ist, die erhabene Vergelterin doch mitunter ihre Schritte zu furchtbarer Eile und zu erschütterden Donnerlauten steigere, um den Frevel jählings einzuholen und zu zermalmen.

Das ist, richtig erwogen, die Moral des Trauerspiels in Mexiko. Aber wer beachtet sie?

Inhalt.

Druck von Otto Wigand in Leipzig.

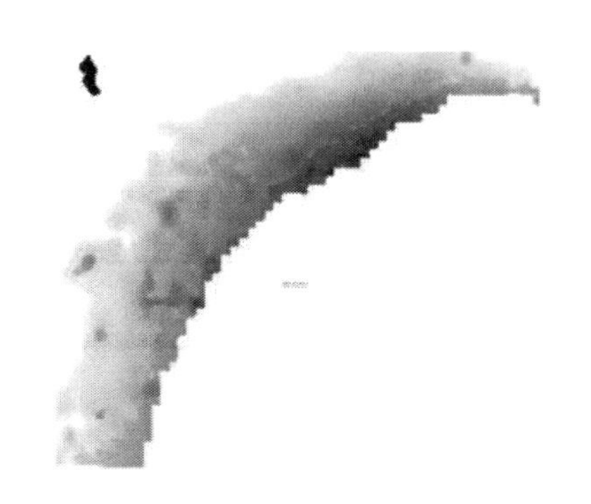

FSC
www.fsc.org
MIX
Papier aus verantwortungsvollen Quellen
Paper from responsible sources
FSC® C141904

Druck:
Customized Business Services GmbH
im Auftrag der KNV-Gruppe
Ferdinand-Jühlke-Str. 7
99095 Erfurt